講談社文庫

祝葬

久坂部 羊

講談社

目次

祝葬

土《と》岐《き》一族の系図

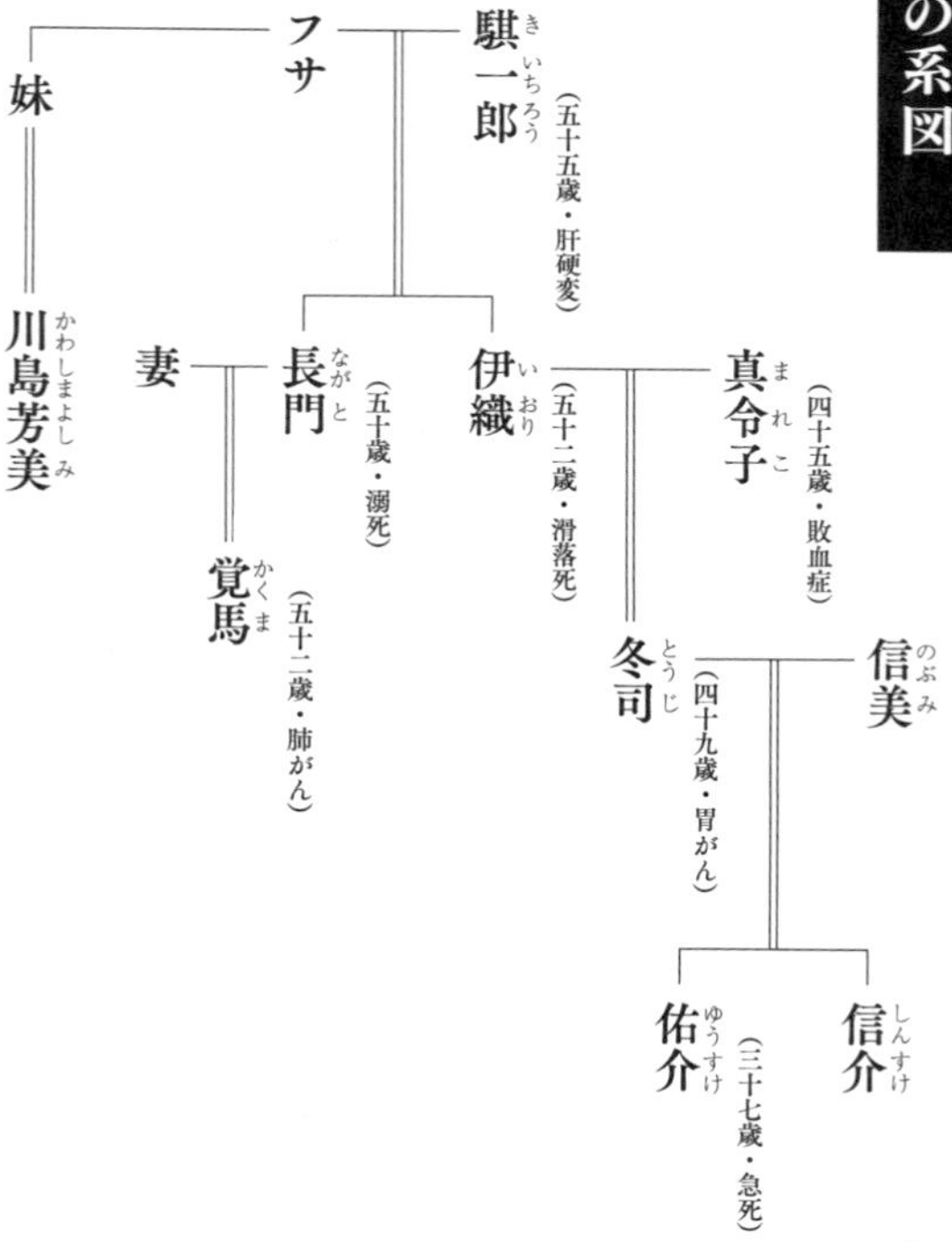

騏一郎《きいちろう》
（五十五歳・肝硬変）
フサ
妹
川島芳美《かわしまよしみ》
伊織《いお》
（五十二歳・滑落死）
真令子《まれこ》
（四十五歳・敗血症）
長門《ながと》
（五十歳・溺死）
妻
覚馬《かくま》
（五十二歳・肺がん）
冬司《とうじ》
（四十九歳・胃がん）
信美《のぶみ》
信介《しんすけ》
佑介《ゆうすけ》
（三十七歳・急死）

祝葬

午前十時、新宿《しんじゅく》発松本《まつもと》行きの特急「スーパーあずさ11号」は、七割方の乗車率だった。

東京はそろそろ春の陽気だが、信州《しんしゅう》はまだ寒いだろう。私は、喪服の上に重ねたスプリングコートの襟《えり》を合わせながら、四年前に聞いた親友、土岐《とき》佑介《ゆうすけ》の言葉を思い出していた。

——もし、君が僕の葬式に来てくれるようなことになったら、そのときは僕を祝福してくれ。

しかし、三十七歳という年齢は、あまりに若すぎないか。それに、この言葉は二ヵ月前、暗黙のうちに取り消されたのではなかったのか。それとも、長い目で見れば、やはり祝福すべきなのか。都会から徐々に山深くなっていく車窓の風景を眺《なが》めながら、私は複雑な思いを持《も》て余《あま》した。

*

佑介の死を知ったのは、一昨日の夜、突然かかってきた電話でだった。

「手島《てじま》先生でいらっしゃいますか。私、土岐記念病院の事務長をしております安田《やすだ》と申します」

聞き覚えのない名前だったが、不吉な報《しら》せだということはすぐに察しがついた。土岐記念病院は、佑介の曾祖父《そうそふ》が創立した病院で、血縁の医師としては今は彼だけしか働いていないはずだ。その病院の面識もない事務長から電話がかかってくるとすれば、ただならぬことが起きたとしか考えられない。

身構える間もなく、電話の主は声を強《こわ》ばらせた。

「当院の土岐佑介先生が、お亡くなりになりました」

職業柄、人より死に慣れているはずの私も、思わず驚きの声をあげた。次いで口を衝《つ》いて出たのは、「自殺ですか」のひとことだった。

「まだはっきりいたしませんが、おそらくご病気で、突然死を……」

馬鹿《ばか》な。肉体的には健康そのものだった佑介が、急に病死するわけがない。納得のいかない思いを呑《の》み込み、詳細を訊《たず》ねた。

安田氏によれば、前日、すなわち月曜日の朝、佑介は外来担当なのに出勤してこず、電話にも出なかったので、安田氏が午後、マンションまでようすを見に行ったらしかった。部屋の異変を感じて、管理人に鍵《かぎ》を開けてもらうと、佑介がソファに倒れていた。明らかに死亡していたので、すぐ警察に通報し、病院や家族にも連絡して、あとは事後処理に追われたのだという。

「解剖はしなかったのですか」

「警察が事件性はないと判断しましたので」

部屋に荒らされた形跡はなく、扉に鍵もかかっていて、遺書などもないことから、病死と判断されたらしい。検視には警察医も来て、遺体は死後二日半から三日と診断された。発見が月曜日で、前の週はふつうに勤務していたことを考えると、死亡はおそらく金曜日の夜。土日の二日間は、だれにも気づかれずにいたのだろうとのことだった。

「警察医の先生が、その場でいろいろ調べてくれまして、結局、心臓性突然死、いわゆるポックリ死だと言われました」

急性心不全ということだが、それは単に「急に心臓が止まりました」と言っているだけで、とても死因としては納得できない。

「ほかに異常はなかったのですか」

語気を強めると、安田氏は戸惑《とまど》いながら説明した。

「これは、あの、申し上げていいのかどうか……、警察医の先生は、土岐先生のご遺体をご覧になって、かなり汗をかいていたようだと……」

死ぬ前に佑介は汗をかいていたというのか、春未《いま》だしの三月の信州で。

「なぜわかったんですか。見つかったのは、死後かなり時間がたってからでしょう」

「私もよくわかりませんが、検視した先生がそうつぶやかれたんです。土岐先生のご遺体は、雨に濡《ぬ》れたあとのように髪の毛が額《ひたい》に張りついた感じで……」

安田氏は咳払《せきばら》いで困惑を隠した。私は何が起こったのか理解できないまま、連絡の礼を言って通話を終えた。

佑介の死の報せは青天《せいてん》の霹靂《へきれき》だったが、私は彼の早世を理解できる数少ない人間であるはずだ。医学生のころから一風変わっていて、友だちも少なかった彼が、私には気を許し、何度かそのことをほのめかしていたからだ。だが、死因に思い当たることはない。彼はどんなうまい死に方を見つけたのか。

告別式は三月十六日、午後一時から茅野《ちの》市の「セレモニーホールちの」で行われるとのことだった。私は有給休暇をとって、式に参列することにした。亡くなったのが十日で、死後一週間近くたっていれば、外見から死因を探るのはむずかしいかもしれない。それでも私は、最後に佑介の死に顔を見たいと思った。

佑介の死を知ったあと、もうひとつ考えたのは彼の恋人、志村響子《しむらきょうこ》の安否である。響子とは今年の正月、佑介と私と妻の貴子《たかこ》の四人でいっしょにスキーに行った仲だ。去年の十月に、佑介から彼女ができたという報せを受けたあと、冷やかし半分、応援半分で私が計画したのだ。そのとき、響子のスマホの番号を教えてもらった。

安田氏からの連絡のあと、電話をかけると彼女はすぐに出た。

「ああ、手島先生」

悲しみと不安の入り交じったか細い声が電話口から洩《も》れた。

「佑介のこと、ご存じですか」

「はい……。今朝、連絡をいただいて」

報せたのは佑介の母親らしい。スマホに残っていた履歴から、つき合いのあったことを知り、直接連絡してくれたようだ。

「驚かれたでしょう。志村さん、大丈夫ですか。気持をしっかり持ってくださいね。

くれぐれも妙な気を起こさないように」

言ってから、しまったと思った。よけいなひとことで、逆に彼女の背を押すようなことにならないか。わずかな沈黙にも薄氷を踏む思いがして、私は思わず呼びかけた。

「志村さん」

「はい。あたし……、もう、どうしていいのか」

沈んだ声が動揺の深さを思わせる。

「お気持はわかります。つらいのは僕も同じです。でも、佑介のためにもがんばらないと。何だったら、僕が明日そちらへ行きましょうか」

水曜日は午前中は外来だが、午後からなら出られないこともない。私は半《なか》ば行く気になっていたが、響子がその申し出を断った。

「ありがとうございます。でも、それには及びません。今、友だちが、来てくれていますから」

ほんとうだろうか。私を安心させるための作り話ではないのか。

「その人と代わってもらえますか」

「……いいですけど」

戸惑う気配のあと、響子より大人びた感じの声が聞こえた。

「相沢《あいざわ》と申します」

「僕は亡くなった佑介の友人で、手島と言います。佑介から志村さんのことを、少し聞いているものですから」

私は言葉を濁《にご》した。相手の女性が、響子の病気をどこまで知っているかわからなかったからだ。

「承知しています。わたしも響子と同じ看護師ですから、どうぞご心配なく。彼女に滅多《めった》なことがないように、そばについていています」

口振りから、彼女も状況はわかっているようだった。

「よろしくお願いします。もう一度、志村さんに代わっていただけますか」

スマホがもどされ、ふたたび密《ひそ》やかな息づかいが聞こえた。

「僕は明後日の告別式にうかがいます。そのときお会いしましょう。佑介のことでお伝えしたいことがありますから」

そう言えば、少なくとも私に会うまでは彼女を引き留めておけるだろうと思った。

しかし、葬式で会ったとき、何を言えばいいのか。

――土岐の一族の医師は、みんな早死にする運命にあるのです。

そんなことを言っても、響子には何の慰《なぐさ》めにもならないだろう。信じてもらえないか、あるいは、知っていたならなぜ早く教えてくれなかったのかと、なじられるかもしれない。

だが二ヵ月前、いっしょにスキーに行ったときには、佑介はその運命を克服する気になっていたはずだ。彼女のために、しっかり生きなければと言っていたのだから。

*

早死にの運命を佑介から聞いたのは、今から八年前、私が貴子と結婚した直後だった。そのときは、孤独な親友に妻の手料理をご馳走《ちそう》しようと新居に招いたのだ。

もともと佑介と私は、東陵《とうりょう》大学医学部の同期生で、名列番号が近いので、入学したときからよく言葉を交《か》わした。実験や実習のグループも同じだった。

佑介は信州の医師の家系の出で、学生時代から一種独特の雰囲気を漂《ただよ》わせていた。虚無的というのか、冷めているというのか、医学にあまり敬意を払っていない感じだった。解剖実習でも平然としていたし、実際に患者を診察する臨床実習《ポリクリ》でも、ほかの医学生のように緊張することはなかった。常に冷ややかで、ときには大学病院の治療など意味がないというような態度をとった。それが医学への冒瀆《ぼうとく》のように見え、佑介はクラスの中で浮いた存在だった。

それでも私は佑介と気が合い、二人でジャズ喫茶に行ったり、何度か彼のワンルームの部屋で飲み明かしたりもした。

大学を卒業して、国家試験を終えると、佑介は神経内科、私は消化器外科の医局に入った。忙しい研修医生活では、互いに顔を合わせることも少なくなる。研修二年目にそれぞれの医局から関連病院に派遣されると、連絡を取り合うこともなくなった。

それから二年後、私はかねてからつき合っていた貴子と結婚した。彼女は国内線の客室乗務員で、とびきりの美人というわけではないが、家庭的で明るい雰囲気の女性だった。結婚式には医局の同期生や先輩はよんだが、科のちがう佑介はよばなかった。打ち解けにくいだろうと思ったからだ。

佑介を新居の最初の客として招いたのは、その埋め合わせの意味もあった。それに、彼はまもなく故郷に帰ることになっていたので、送別会も兼ねて、妻に紹介しようと思ったのだ。

貴子は得意のオードブルとミートローフで佑介をもてなした。この日のために用意したボルドーの二本目が空《あ》くころには、佑介も私もかなり上機嫌になっていた。

料理と会話が一段落すると、貴子は皿を下げて食洗機に入れにいった。私は酔った顔を突き出して、佑介に言った。

「どうだ。結婚も悪くないだろ。田舎《いなか》へ帰ったら、おまえも早く相手を見つけろよ」

ついおせっかいが出たが、佑介は鷹揚《おうよう》な口ぶりでこう返した。

「おれはいいよ。どうせ長生きしないから」

その言い方が引っかかった。「長生きできない」ではなく「しない」というのが、運命か意志のように感じられたからだ。

「どうしてだよ」

不吉な思いで訊ねると、佑介はナプキンで口元を拭《ぬぐ》い、少し改まって答えた。

「今まで言わなかったが、おれの家系の医者はみんな早くに死んでるんだ。親父《おやじ》は四十九歳で胃がんで死んだし、祖父は五十二歳のときに奥穂高《おくほたか》で滑落《かつらく》死した。大叔父《おおおじ》も五十歳のときに風呂《ふろ》で溺死《できし》してる。泥酔して風呂に入って、顔を湯船につけたまま意識を失ったんだ」

学生時代に聞いていた彼の身内の医師は、当時、すでに他界していたというのか。不穏《ふおん》な思いに駆られたが、取《と》り敢《あ》えずの疑問を口にした。

「いくら泥酔していても、溺《おぼ》れかけたら気がつくだろう」

「脳梗塞《のうこうそく》の発作が重なったんだ、たぶん」

「解剖はしたのか」

「いや、むかしのことだし、医者の家のことだから、警察もこちらの説明を信用したようだ」

佑介は短く鼻で嗤《わら》い、グラスに残ったワインを空けた。そして帰郷の日程でも告げるように、さりげなく言ったのだ。

「だから、おれも長生きしないと思ってる。たぶん五十五歳まで生きないだろう」

私は殺伐《さつばつ》とした気分に陥《おちい》り、不安になった。医師なのになぜそんなことを言うのか。

「どうして五十五歳なのさ」

「曾祖父がその年で死んだからな。アルコール性の肝硬変で、最後は羽《は》ばたき振戦《しんせん》で手をパタパタさせながら逝《い》ったそうだ。曾祖父はうちの家系で最初に医者になった人だ。ワンマンな性格で、一族を支配していたらしい」

「その曾祖父《ひいじい》さんが五十五歳で死んだから、子孫もそれ以上長生きさせないってわけか。わがままな呪《のろ》いだな」

はぐらかすように言うと、佑介はほろ酔いの目に皮肉っぽい光を浮かべて唇《くちびる》を歪《ゆが》めた。

「呪いだったら、曾祖父はかけたほうじゃなくて、かけられたほうだよ」

「何かあったのか」

「曾祖父はいろいろ問題のあった人でね。怒りだすと手がつけられなかったらしい。暴力を振るうのはしょっちゅうで、患者の鼓膜を破ったり、暴《あば》れる患者に強い鎮静剤を打ちすぎて、廃人にしてしまったりしたそうだ。規則を守らない患者を雪の中に放り出して、凍死させたなんて話もある。今なら刑事事件になってもおかしくないことが、山ほどあるんだ」

「患者の恨みが一族の医師を早死にさせるというのか。それなら曾祖父さんだけ死なせればいいいじゃないか」

「いや。恨みを買っていたのは、曾祖父だけじゃないんだよ」

眉《まゆ》をひそめたとき、貴子がデザートの皿を運んできた。抹茶アイスに、オレンジとイチゴが添えてある。

「これも奥さんの手作りですか。彩《いろど》りがきれいだな」

佑介が感心すると、貴子は慣れたようすで皿を差し出した。

「あとはコーヒーにしますか。それとも紅茶？」

「コーヒーを、ブラックでいただきます」

「あなたも同じでいいわね」

貴子は軽く微笑《ほほえ》んで、キッチンにもどっていった。

「奥さんは食べないのか」

「彼女、甘いものは控《ひか》えてるんだ。それより今の話、曾祖父さん以外にも何かあったのか」

佑介はふと遠くを見やる目で話した。

「祖父も曾祖父とはまた別の意味で、問題のある人だった。クソまじめというか、馬鹿正直というか……。父から聞いた話だが、祖父は曾祖父を反面教師にして育ったから、穏《おだ》やかで誠実な医者になったらしい。専門は内科と小児科だ。あまり誠実すぎて、治療がうまくいかないと、患者に言わなくていいことまで言って謝っていたらしい。正直に話せば患者もわかってくれる、それが医者の誠意だと信じていたようだ。でも、場合によってわかってくれない患者もいるだろう。中には祖父を恨む患者もいた」

「どんな患者さ」

「たとえば、娘を失った母親だ。四歳の娘が夜に喘息《ぜんそく》の発作を起こして、祖父の自宅に診てほしいとやって来たんだ。おり悪《あ》しく、祖父は医師仲間の集まりでかなり酒を飲んでいた。それでも診察して、大丈夫だから明日また来なさいと言って帰した。そうしたら、明け方に重積発作《じゅうせきほっさ》を起こして、娘は救急車を呼ぶ間もなく死んでしまった。入院させていれば助かっただろう。祖父は、酔っていたから判断が甘くなったと謝罪したが、母親は聞く耳を持たなかった。彼女には生まれて間もない娘もいて、夜泣きや何かで育児ノイローゼになっていたらしい。長女が死んだ数日後、下の娘を道連れにして、発作的に病院の前で焼身《しょうしん》自殺を図《はか》ったんだ。赤ん坊は一命を取り留めたが、母親は亡くなった……」

「悲惨な話だな。正直に謝ったのが悪かったんだな。話のもっていきようで、何とでも患者を言いくるめられたろうに」

私が肩をそびやかすと、佑介の目がすっと細まった。そんなことを言っていいのかと、暗黙の非難をしているようだった。私はわざと冗談めかして言った。

「だけど、もしほんとうに患者の呪いがあったら、医師の半分くらいは呪い殺されるんじゃないか」

「そうかもしれない。父だって、患者に恨まれることがなかったわけじゃないから」

「お父さんにもあるのか」

私は半ばあきれながら訊ねた。佑介は学生時代と同じ冷笑的な表情で答えた。

「父は外科医で、消化器がんを専門にしていたが、過激な手術で何人も患者を死なせてる。再発を防ぐために周囲の臓器を広く取りすぎたり、転移しているがんを全部取ろうとして、無理な手術をしたりしてね」

「しかし、それは医療ミスじゃないだろう。結果は悪かったかもしれないが、がんの根治《こんち》を目指したんだから」

「医者から考えればそうだが、患者から見ればこれもミスだよ。手術の範囲を決めるときの判断ミスだ」

「そんなことを言ったら、ほとんどの医師が患者から恨まれることになるぞ」

「……だろうね」

佑介はデザートを平らげ、江戸時代の生人形《いきにんぎょう》のように感情のない目で微笑した。

貴子がコーヒーを運んできた。今度は自分も座るつもりで、カップを三つ用意している。

「何だかむずかしそうなお話ね」

首を傾《かし》げる貴子に、私は土岐一族の話をかいつまんで話した。彼女が深刻に受け取らないよう、わざとホラーめいた話に脚色した。

話し終えると、佑介が貴子を気づかうように言った。

「患者の呪いとか、そんな話、いやじゃないですか」

「いいえ。おもしろそう」

貴子は茶目っ気のある目で私を見た。

「冗談じゃないよ。患者の呪いで医師が死んでたまるか」

「でも、おれの一族の医者はみんな早死にしてる。それはどう説明する。偶然だなんて非科学的なことは言うなよ」

「それは……」

私は腕組みをして考え、無理やり答えを絞り出した。「遺伝的な早死にじゃないか。DNAに〝早死に遺伝子〟が組み込まれているとか」

「あなたったら、失礼よ」

貴子が私の脇《わき》をつついた。

「いや、失礼じゃありませんよ。もしかしたら、当たってるかもしれない」

「ちょっと待てよ。遺伝なら病気はわかるとしても、事故は無理だろう。おまえの祖父《じい》さんは奥穂高で滑落死したんだろ。それに、病気にしたって、肝硬変や胃がんや脳梗塞じゃ遺伝子がばらばらすぎる。DNA説はやっぱり無理だな」

自分で言いだしながら、それに反論する奇妙な物言いになった。

「そんなことはないさ」

逆に佑介が私の説にこだわった。「ＤＮＡには、まだまだ未知の働きがある。今の概念だけで解釈せず、もっと広く考えるべきだ」

いったん言葉を切り、貴子と私を交互に見て続けた。

「話は飛ぶが、ニューギニアには今もブラックマジックがあるらしい。日本の医者が書いてるんだが、ニューギニア人は、たとえば破傷風《はしょうふう》になると、ブラックマジックにやられたと言うそうだ。破傷風菌の存在を知らずにそんなことを言うならお笑いぐさだが、彼らはそれを知っている。細菌が病気を引き起こすとわかった上で、ブラックマジックを恐れているんだ」

佑介の説明によれば、人を破傷風菌がいるような泥沼へ行かせ、足に怪我《けが》をするように仕向けるのが、ブラックマジックということらしい。その術にかかると、なぜかわからないがそういう行動をとってしまうわけだ。

「似たようなことは、我々にもあるだろう。どこかへ行きたい、何かを食べたい、なぜそうしたいのか、突き詰めるとわからない。したいからしたいとしか言いようがない。つまり、自分がわからないものに操られているのさ。ニューギニア人はそういう力の存在を知っていて、ブラックマジックと称している。それがもし、ＤＮＡだとしたら？」

ふいに話を振られて、私は混乱した。佑介がさらに問う。

「おまえが言った〝早死に遺伝子〟があったら、ＤＮＡはどう働く？」

「ＤＮＡはあらゆる方法で、当人を早死にさせるように仕向けるかもしれないな」

「そう。『ＤＮＡ行動支配論』だ。糖尿病でありながら、どうしても甘いものをやめられない患者や、肺気腫《はいきしゅ》なのに禁煙できない患者がいるだろう。それは意志が弱いんじゃなくて、ＤＮＡに操られているのさ。おれの曾祖父は、アルコール性の肝硬変だとわかっていながら、酒をやめなかった。祖父だって、それまでスポーツにはまるで興味がなかったのに、五十歳を過ぎてから急に登山をはじめ、実力も顧《かえり》みずに危険な山に挑戦して滑落死した。父も消化器がんの専門家でありながら、なぜ、みすみす胃がんで死んだのか……」

佑介の声が密やかになる。私は引きつった笑いを浮かべた。

「気味の悪いことを言うなよ。そんなふうに考えると、すべてがＤＮＡに操られているような気になるじゃないか。おれが貴子と結婚したのも、ＤＮＡの操作だったと言うのか」

「かもしれんな。貴子さんなら言い寄るＤＮＡもたくさんあっただろう。その中でおまえが選ばれたんだから、貴子さんのＤＮＡに感謝しなくちゃな」

「そうよ。わたしのＤＮＡ、面食いじゃなくてよかったね」

「どういう意味だよ」

その日はそんな会話で終わった。

佑介もまさか〝早死に遺伝子〟など、まじめに考えていたわけではなかったろう。しかし、一族の医師がみんな短命であることは、単なる偶然ではないと確信しているようだった。


それから間もなく佑介は茅野市に帰り、となりの原村《はらむら》にある土岐記念病院に就職した。次の年に来た年賀状には、田舎の病院で何でも屋としてこき使われていると書いてあった。

佑介と再会したのはその三年後だ。高齢者医療の学会で東京に行くので、久しぶりに会わないかと、彼のほうから連絡してきた。私は喜んで誘いに応じ、学会場に近い六本木《ろっぽんぎ》のワインバーで待ち合わせをした。

乾杯のあと、生ハムや白アスパラガスのソテーを注文してから、近況を訊ねた。

「おまえも病院の創業者の一族なら、羽振りがいいんじゃないのか」

「とんでもない。親父の代はよかったけど、今は規模を縮小して、医者が六人しかいないから、おれは雑用係もいいところさ。半年前から在宅医療部門を任されて、老人相手に大忙しだよ」

久しぶりの東京で気分がはずむのか、佑介はよくしゃべった。

「だがね、田舎の病院にいると、都会では見えないものがわかる。患者の運命の不思議というか」

「どんなことさ」

「たとえば、うちみたいな小さな病院では心配だからと、わざわざ松本や名古屋《なごや》の大学病院まで治療を受けに行く患者がいるんだ。そういうのにかぎって合併症を起こしたり、治療の結果が思わしくなかったりする。かと思えば、むずかしいことは何も考えず、うちのオンボロ外科で言われた通りの手術を受けて、元気で退院するがん患者もいる。みんな自分はいい病院で治療を受けたいと望むけれど、どこで治療を受けようと、助かる者は助かるし、だめな者はだめってことだな」

「たしかに」と、うなずいてから私は訊ねた。

「で、学会のほうはどうだった」

「きれいごとばっかりでうんざりさ。知ってるかもしれんが、長野県は日本で有数の長寿県で、医療費も少ないから、理想的な高齢者医療とか言われてる。しかし、在宅医療で老人から聞かされるのは、老いの嘆《なげ》きばっかりだよ。長生きがめでたいみたいに言うのは、まだ長生きをしていない連中だけだ。実際に長生きをしてるヤツは、みんなヒーヒー言ってるよ」

佑介一流の皮肉な言い方に私は苦笑した。彼は表情を変えずに続けた。

「何人もの患者を看取《みと》ってると、当たり前のことだが、自分の最期についても考える。在宅医療で特別な治療をせずに、家で自然に死ぬ人を見てると、ああいうのがいいなと思うね。器械やチューブにつながれて、わずかでも命を引き延ばそうとあがくより、よっぽど楽そうだよ」

「まあ、そうかも……」

一応うなずいたが、必ずしも納得したわけではなかった。

何もせずに看取るのなら、医師は不要ということになる。私は患者のために何かしたいし、何かできると思っている。おこがましいかもしれないが、実際、手術で多くの患者を救ってきた。

しかし、単純に現代医療を称讃《しょうさん》する医師を見ると、それもちょっとどうかと思う。

医学にはまだわからないことが多い。そんなとき、佑介のペシミズムを思い出すと不安になる。彼はいつも医療に否定的なことを言うが、それは自分に流れる代々の医師の血が言わせているのではないか。もしかして、佑介には私のうかがい知れない医療の闇《やみ》みたいなものが見えているのかもしれない。

少し離れた席で歓声が上がった。壁の液晶モニターがサッカーの試合を映し出していた。

「たしか、おまえは高校のときサッカーをやってたんだよな」

気分を変えようと、モニターを見ながら訊ねた。「ポジションはどこだった？」

「ゴールキーパーさ」

「チームの守護神か」

冗談めかして言ったが、佑介は気怠《けだる》そうにグラスを空け、いつもの冷笑的な表情で笑った。

「守護神なんて、観客が勝手に言ってるだけさ。実際のプレッシャーはそんなもんじゃない。おれがキーパーを選んだのは、スリルのためだよ。何しろ自分の後ろに一センチでもボールが入れば、即失点だからな。サッカーの一点は大きい。キーパーは試合中、ずっと断崖絶壁《だんがいぜっぺき》に立っているのも同然なんだ」

ウェイターが目ざとく寄ってきて、佑介のグラスを満たした。目だけで会釈《えしやく》し、ゆっくりと続ける。

「試合中、ゴールラインの上に立って、よく足元を見たもんだ。白線の後ろが、死の世界のように思える。同じ地面なのに、そこへボールが入った瞬間、取り返しがつかなくなるからな。ほかの選手はまだ後ろのある気楽な場所でプレーしているが、キーパーは生と死の境目に立って、常に恐怖と、ある種の優越感に浸《ひた》っているんだ。死を前にした人間が、健康人に抱く哀《かな》しみの恍惚《こうこつ》みたいなものだ」

「何だよ、それは」

スポーツをしながらでも、哲学にふけるのが佑介だった。

メインらしい料理を頼まないうちに、二人とも腹がいっぱいになり、ワインも二本目の赤が半分以下になっていた。

話題が途切れたとき、私は避けようと思っていた話題にふらふらと近づいた。

「ところでさ、前にうちに来たときの話だけど」

「うん」

佑介はさりげなく目を逸《そ》らした。まだ話を変えることもできる。しかし、私はまるでローソクの炎に惹《ひ》かれる蛾《が》のように、その話題に吸い込まれた。

「おまえが、長生きしないだろうって話。一族の医師がみんな早死にするっていうジンクスは、まだ続いているかい」

「ジンクスねぇ……」

佑介は頬杖《ほおづえ》をついて、薄笑いを浮かべた。

与太話だったのかと思いかけたとき、朗報でも告げるかのように声の調子を上げた。

「おかげさまで健在だよ。先月、叔父が死んだ。正確には、父の従弟《いとこ》だけど、五十二歳で突然にね」

一瞬、店内に冷たい風が吹き抜けたような気がした。

「その叔父さんも医師だったのか」

「ああ。諏訪《すわ》湖《こ》畔で開業してた」

「死因は……、病気?」

「病気にはちがいないが、ちょっと変わってる。死ぬ日の午前までいつもと変わりなく診療してたのに、昼の休診時間に諏訪湖畔の公園に散歩に出て、そこで喀血《かっけつ》したのさ。解剖したら、肺がんだった。血管浸潤《しんじゅん》で肺動脈が破裂したんだ」

「事前に診断はついてなかったのか」

「詳しくは知らない」

「でも、死ぬ直前まで仕事をしてたんだろう。医師なのに、そこまでがんが進行してるのに気づかないなんて、どうかしてるぞ」

私は奇妙な憤《いきどお》りを感じて声を荒らげた。自分の病気を見落としていて、患者の病気をきちんと診ていたと言えるのか。

佑介は私を無視するように、そっけなくつぶやいた。

「医者だって、死ぬときは死ぬさ」

「しかし、信頼に関わるんじゃないか」

「専門家だからといって、医者を信頼するほうがまちがってる。おまえはそんなに自分に自信があるのか」

その言葉は見えない拳《こぶし》のように私の胸を衝いた。医師なら自分の病気はぜったいに見落とさないと、だれが言い切れるだろう。佑介の言わんとすることはすぐわかった。もし医師が自分の病気を見落とさないなら、すべての医師のがんは早期発見され、がんで死ぬ医師はいなくなるはず……。

「その叔父さんも、ＤＮＡに支配されていたと言うのか」

馬鹿げたことだと思いながら、私は佑介の考えを確かめずにはいられなかった。佑介は肯定も否定もせず、薄笑いを浮かべるばかりだ。私は前に考えていた反論をぶつけてみた。

「おまえが言っていた『DNA行動支配論』は、ドーキンスの『利己的遺伝子』に矛《む》盾《じゅん》するんじゃないか」

「どうして」

「だって、遺伝子は自己の存続に有利になるようプログラムされているのだろう。〝早死に遺伝子〟は存続に反するから、利己的遺伝子に淘汰《とうた》されるはずだ」

「そんなことはないさ」

佑介は酔った半眼に余裕の笑みを浮かべた。「『利己的遺伝子』が目指すのは、種の存続だ。複製さえすめば、個体が滅びることはいっこうに問題ない。むしろ残りの時間が苦痛に満ちているとわかれば、それを避ける行動に出るのも、十分に利己的と言えるだろう。幸福を求めるのも利己的なら、苦痛を避けるのも利己的なんだから」

私が困惑と不安を浮かべると、佑介は最後のピノ・ノワールを堪能《たんのう》するようにグラスを持ち上げた。そして、目を細めてささやいたのだ。

「もし、君が僕の葬式に来てくれるようなことになったら、そのときは僕を祝福してくれ」

あのとき、佑介が久しぶりに会おうと誘ってきたのは、前月に叔父が急死したことを、私に伝えたかったからではないか。

素知《そし》らぬ顔で死の周辺に話題を導き、土岐一族の早死にの新しい証左《しょうさ》を聞かせようとしたのではないか。

さほど遠くない自分の死に暗示を与えるために。

＊

その後、私は医局人事で転勤を命じられ、世田谷《せたがや》医療センターの外科医長になった。貴子は通信教育で司書の資格を取り、成城《せいじょう》にある短大の図書館に勤めだした。

次に佑介から連絡があったのは、去年の十月二十三日、日曜日の夜だった。

「読日新聞の記事、見たぞ。快挙じゃないか」

この日、私は読日新聞の「旬の人」の欄に取り上げられていた。胃がん手術の論文が日本外科学会で高い評価を受けたからだ。今まで胃を全部摘出しなければならなかった噴門《ふんもん》のがんに、縮小手術を応用し、約三分の一の摘出ですます術式を開発したのである。

「胃がんの術式は、十九世紀のビルロート以来ほとんど変わってないんだから、百三十年ぶりの改良だな」

佑介は妙に浮かれた声でほめた。治験の苦労話などでひとしきり盛り上がったあと、佑介の近況を訊ねると、今度はかすかな照れを滲《にじ》ませて答えた。

「おれにもついに、彼女ができたよ」

「そっちのほうが快挙じゃないか。どこで知り合ったんだ」

性急に訊ねると、佑介は逆に「久坂葉子《くさかようこ》という作家を知ってるか」と、耳慣れない名前を聞いてきた。

「戦後まもなく十九歳で芥川賞《あくたがわ》候補になり、その二年後に神戸で飛び込み自殺をした伝説の作家だよ。川崎《かわさき》造船所の創設者の曾孫《ひまご》で、男爵家の令嬢でもある」

佑介は以前からその作家が好きで、ときどきネットで検索していたそうだ。そして、奇妙なサイトを見つけたらしい。

「ブログの書き手も久坂葉子のファンらしく、『今日もまた、生き延びてしまった』

なんて書いてあるんだ。死のにおいがするだろう。ほかにも死を美化するようなことが書いてあって、アップしてある写真も昏《くら》いんだ」

こいつはまた死に惹かれているのかと怪しむと、佑介は私の不審を察したように口調を変えた。

「ネットで堂々と死と戯《たわむ》れているのを見せられると、なんとなくムカついてね。ちょっとからかってやろうと思ったのさ。コメントの投稿欄に、『理由があって死ぬのは仕方ないが、理由を作って死ぬのは邪道だ』と書いたら、返事が来た。何度かメールをやりとりすると、どうやら彼女の希死念慮《きしねんりょ》は本物らしいとわかったんだ」

「そんな相手と知り合って、大丈夫か」

「心配するな。彼女は看護師で専門知識もある。年だってずいぶん離れてる」

その彼女が志村響子という名で、二十八歳というのもこのときに聞いた。勤務しているのは松本市内の個人病院だという。

「死にたがってるのは、うつ病じゃないのか」

「あんな元気なうつ病はないさ。病院の仕事もきちんとこなしてるし、会って話せば明るい表情も見せる。精神科にかかったこともあるらしいが、診断名は気分変調症と言われたそうだ」

外科医の私には、精神科の病気はよくわからない。佑介によると、気分変調症はうつ病ほどひどくはないが、軽い抑うつ気分が二年以上続く状態を指すらしい。性格的な要因も強く、抗うつ剤などは効きにくいという。佑介はさらに、彼女には生まれついての〝走死性〟のようなものがあると言った。

「虫が光に惹かれるのと同じく、彼女はわけもなく死に惹かれる性向があるんだ。高いビルの窓辺に立つと、ふいに飛び降りようかと思ったり、高速道路でカーブが迫ってくると、ここでハンドルを切らなければ激突できるだろうとか思ったりするらしい」

「やっぱり危ないんじゃないか」

「かもしれん。話を聞いているうちに、彼女が自分に似てるように思えてきて、シンパシーを感じるようになったんだ。同時に、得体の知れない不快感もあってね。おれ自身、死に対する親和性があるが、他人に客体化されると、逆に不愉快になるんだ。このまま彼女が死んだらおれはきっと苛立《いらだ》つだろう。だから、彼女の死の衝動を抑え込もうと思ったんだ。命を大事にすべきだとか、生きることは素晴らしいとか、そんな陳腐《ちんぷ》な理由じゃない。響子を引き留めようとするのは、もっと得体の知れない情動だ」

佑介の口振りが弁解がましくなっていることに、私は密かな安堵《あんど》を感じた。言い訳をするということは、惚《ほ》れている証拠だ。好きな女がいれば、気持が死に向かう危険性も少ないだろう。

「いずれにせよ、おまえに彼女ができたなんて、前代未聞の珍事だから、祝わないわけにはいかないな。一度、うちの貴子もいっしょに会わないか」

誘うと佑介も珍しく、「いいな」と気軽に応じた。その声に秘めた快活さを感じ、私は今しがたの確信をさらに深めた。

電話を切ったあと、志村響子のサイトを検索してみた。佑介に聞いたキーワードでさがすと、すぐに見つかった。小さな写真がアップされている。サングラスをかけた髪の長い女性ということしかわからない。

プロフィールを開くと、「信州の小っちゃな病院のナ〜スで〜す」とあった。なるほど、これならうつ病ではないと苦笑したが、ブログを開くと奇妙な記述が目についた。

『日に　三十回くらい　死にたいって　思います』

『無の世界に逝きたい　歓《よろこ》びも　哀しみも　ない世界　無は　平等』

たしかに死への傾斜は強いようだ。しかし、どことなく自己陶酔的でもある。それが佑介に不快を感じさせたのではないか。彼女に自らを投影して、嫌悪したのなら、彼にもまだ健全な部分があるということだ。

その後、何度かメールをやり取りして、四人で会う日程を調整した。互いの勤務の都合もあって、正月休みに長野県富士見《ふじみ》町の富士見パノラマリゾートでスキーをすることになった。宿は佑介が蓼科《たてしな》高原のオーベルジュを予約してくれた。

早朝に家を出て、「スーパーあずさ1号」で小淵沢《こぶちざわ》に向かうと、佑介は黒のレンジローバーに響子を乗せて迎えに来てくれた。初対面の彼女は、白のスキーウェアに大きなサングラスという出《い》で立《た》ちだったが、我々に挨拶《あいさつ》をするときはサングラスをはずした。きれいにメークした目は、斜視ではないが左右の焦点がわずかにずれて、どこを見ているのかわかりにくかった。

「彼女、強度の近視で、おまけに角膜過敏でコンタクトレンズが合わないんだ。だから、今日は度つきのサングラスで失礼するよ」

佑介がかばうように言うと、響子は顔を伏せてふたたび真っ黒なサングラスをかけた。

小淵沢から富士見パノラマリゾートまでは約三十分。貴子と私はレンタルで道具一式を借り、佑介はカービングスキー、響子はスノボでリフトに並んだ。

センターゲレンデで二度ほど足慣らしをしたあと、三キロのロングコースを一気に登るゴンドラリフトに乗った。

「響子さんは生まれも長野？」

貴子が訊ねると、響子は「ええ、生まれは茅野ですけど、育ったのは安曇野《あづみの》です」と、信州らしい地名をあげた。

「どうりでスノボもうまいわけね。子どものころから滑《すべ》ってるって感じよ」

「そんなことないです。あたし、体重がないんで、急斜面はエッジが利かなくて」

「そうだよな。僕と知り合ったとき、響子は拒食症ぎみで、爪楊枝《つまようじ》みたいだったから」

佑介がまぜ返すと、響子は「先生、ひどい」と口を尖《とが》らせた。精神に問題を抱《かか》えているとは思えない明るさだ。ただ、外から目がまったく見えないサングラスが、異様といえば異様だった。

早めに昼食をすませて、列の短くなったゴンドラ乗り場に行くと、四人で一つのゴンドラを占領することができた。扉が閉まると、響子が「ラッキー」と明るい声を出した。

「人生は、楽しめるうちに楽しんどかなきゃな」

佑介がつぶやくと、響子は彼を斜めに見上げるようにして、深くうなずいた。

ワイヤーロープの角度が変わって、雄大な八《やつ》ヶ岳《たけ》の眺めが後方に広がったとき、佑介は思い出したように私に言った。

「前に東京で会ったとき、父の従弟にあたる叔父が肺がんで死んだ話をしただろう。死ぬ当日まで診療をしていて、突然、喀血して死んだ叔父さ」

「ああ」

「おまえはあの叔父が自分の病気に気づいていなかったのかと不審がってたけど、叔父は知ってたみたいだ。あとでクリニックの看護師に聞いたんだが、電子カルテに患者全員の紹介状が残されていて、退職金代わりの謝礼を入れた封筒が、職員の全員分用意してあったそうだ。死期が近いことをわかって準備していたらしい」

「じゃあ、どうして検査も治療もしなかったんだ」

「うまく死ねると思ったからだろう」

「どういう意味だよ」

「簡単に言えば、死に損《ぞこ》なわないってことだ」

相変わらずの皮肉な言い方に、私は鼻白《はなじろ》んだ。佑介は足を組み、響子に肩を預けるようにして続けた。

「叔父も土岐の一族だから、早死にの運命を感じていたのかもしれない。長生きを求めるより、適当なところで人生を終わらせるのがいいと思ってたみたいだ。不自然に命を引き延ばすのはよくないと、口癖《くちぐせ》のように言ってたからな」

「それはおかしいだろう。医師は患者の命を延ばすのが仕事じゃないか」

「だから治る病気は治せばいい」

佑介の言い分に私は混乱した。

「だったら叔父さんの肺がんだって、治療すれば」

「いや、叔父は今のがん医療に疑問を持ってたんだ。手術や抗がん剤で患者が悲惨な状態になったり、副作用でかえって患者の寿命を縮めたりするからな。その事実を直視すれば、治療に懐疑《かいぎ》的になるのがふつうだろう」

たしかにそういうケースもある。しかし、命を救える場合もあるのだ。それを無視して、まったく検査も治療もせずにあきらめていいのか。

私の困惑をよそに、佑介は平然と続けた。

「がんを忌《い》み嫌《きら》う人は多いけど、決して悪いことばかりじゃない。心筋梗塞やクモ膜下出血みたいに、突然死でまわりに迷惑をかけることもないし、人生を整理するのにほどよい時間を得た上で、確実に死ねる。死ぬのに何年もかかる老衰《ろうすい》や、ぎりぎりまで器械に生かされる難病より、よっぽど好ましいんじゃないか。それに、がんは痛みさえ抑えれば、決して苦しい死じゃないよ」

「しかし、医師ならぎりぎりまで治療を続ける義務があるのじゃないか。希望を捨てずに」

言い返すと、佑介は皮肉な笑みを浮かべて反論した。

「おまえ、うちの母親と同じようなことを言うな。その希望のせいでどれだけ多くの悲惨が生み出されたか、考えたことがあるのか」

奇妙な熱意を込めて続ける。

「若い医者は患者を救おうと懸命に努力する。医療が有益だという幻想に取り憑《つ》かれているからだ。そうやって無惨な失敗を繰り返し、結局、年を取ってから医療の無力さを認めざるを得なくなる。だが、その経験はなかなか次には伝わらない。敗北宣言も同然だからな。それで若い医者は、また一から医療幻想に突っ走る。おれは幸い子どものころから医療の限界を間近に見てきたからな。医療の傲慢《ごうまん》で患者を苦しめてはいけないということを、無意識のうちに学んできた。だから、無理はしないんだ」

「土岐先生のおっしゃることにも一理はあると思うわ」

雰囲気が険悪になるのを避けるように、貴子が口をはさんだ。

「たしかに、医療は万能じゃないし、無益な延命治療がよくないとかもよく聞く話よね。わたしは不自然に長生きするより、与えられた寿命で精いっぱい生きるほうがいいな」

「さすがは奥さん。僕の言いたいことはそれですよ、まさに」

佑介は正解とばかりに指を鳴らした。

貴子は愛想《あいそ》よく笑ったが、私は反発とある種の侘《わび》しさを感じた。病気が治らないときに、無理をするなというのはおそらく正しい。しかし、それは老いた医師の考えだ。土岐家の代々の医師の結論がそれなのか。一族が早死にした事実を思い、私は不安に駆られた。

そのとき、ふいに響子が大口を開けて笑い声を発した。

「あははは っ。手島先生、あんまり深刻になんないで。あたしもいっつもやられるんです。意見が合わないと、理詰めで攻めてくるでしょう。ほんと、土岐先生っていやな人なんだから」

若さの特権だとでもいうように、あけすけに笑い続ける。佑介はニヤニヤしながらそれを見ている。

貴子が困惑気味の視線を寄越した。ゴンドラが頂上駅に滑り込み、私は何が何だかわからないままプラットホームに下りた。

夕方まで滑ったあと、近くにある露天風呂「水神の湯」で疲れを癒《い》やして、蓼科高原のオーベルジュに向かった。佑介と響子は食事だけの予約だ。

チェックインをすませると、まもなく夕食になった。山小屋風の広いダイニングに、円蓋《えんがい》をかけた大きな薪《まき》ストーブが燃えている。四人でテーブルに着くと、高原らしいオルゴールのBGMが流れた。

「サングラス、はずしたほうがいいかしら」

響子が小声で佑介に訊ねた。夜の食事にサングラスは気が引けたのだろう。

「眼鏡《めがね》を持ってきてないのか」

佑介が気むずかしい表情を浮かべると、貴子が右手を振った。

「いいのよ、気にしないで。あなたに眼鏡が必要なことは、さっきのお風呂でよくわかったから」

露天風呂でサングラスをはずすと、裸眼《らがん》の響子は貴子が手を引いてやらなければならないほど危なっかしかったのだという。

料理は本格的なフレンチで、ソムリエが出すワインの品揃《しなぞろ》えも豊富だった。帰りは響子が運転するらしく、佑介も私たちとグラスを重ねた。

「志村さんて、ほんとうは明るい人なんですね。ブログに怖いことを書いてたから、ちょっと心配してたんだけど」

軽く揶揄《やゆ》すると、響子は頬を強ばらせて、サングラスの奥の目を伏せた。私はまずいことを言ったかと焦ったが、響子はふいに顔を上げ、さっきのゴンドラリフトと同じあけすけな笑い声をあげた。

「あははっ。いやだ、手島先生ってば。あたしのブログいつ見たんですか。もう閉鎖したのに」

「佑介から志村さんのことを聞いたときに、少しね」

「あたしのこと、何て言ったんですか」

冗談っぽく佑介をにらむ。

「何も言ってないよ。おれにもついに彼女ができたって、親友に報告しただけさ。なあ」

同意を求められて、私はうなずいた。それを見てまた笑う。

「どうせ変な女だって言ってたんでしょ。いいです。あたし、慣れてますから」

貴子が話題を変えようとしたとき、響子が声を低めて続けた。

「あたしが死にたい気持に振りまわされるのは、遺伝のせいかもしれませんね」

「それはちがうって」

佑介が強く否定する。響子は佑介を無視して、妻と私を見ながら語った。

「実はあたし、母も祖母も自殺してるんです。祖母の自殺はあたしの生まれる前だから、よく知らないけれど、母はあたしが中学生のときでした。母はちょっと複雑な育ち方をして、祖母が早く死んだので、自分の叔母に育てられたんです。今から思うとうつ病だったんでしょうけど、母は大の病院嫌いで、医者にはぜったいにかからないって言ってました。それで結局、自ら命を絶つようなことになったんですが、でも、あたしは母の自殺を肯定的に受け入れているんです」

さっきの笑いが嘘《うそ》のように静かな口振りだ。相づちを打つことさえはばかられる。

「だって、あたしが自殺を否定したら、母がかわいそうすぎるでしょう。母はきっと、つらかったんだと思います。自殺をよくないように言う人は多いけれど、あたしはひとつの選択肢だと思ってます。結果だけを見て、自殺を否定するのはよくないと思うんです。それが母の精いっぱいの生き方だったんだから、あたしはよく頑張ったねと言ってあげたいんです」

「響子はいつもそう言ってるよな。僕は正しいと思うよ」

佑介が賛同すると、響子はサングラスの目を向けてうなずいた。

デザートにフルーツを添えたクレームブリュレが運ばれてきた。響子は「おいしそう」と声の調子を変え、焦《こ》げ目《め》のついたクレームをスプーンで掬《すく》った。

「でも、今は死にたいなんて思ってませんよ。信頼できる人に出会ったから」

唇の端《はし》に舌を出して、佑介に微笑む。キャンドルの炎がサングラスに反射して揺れた。

「そうね。こんなおいしいデザートをいただけるのも、生きていてこそだものね」

貴子が言い、私も肩の力を抜いて笑った。しかし、佑介は表情を緩《ゆる》めず、響子のようすをうかがっていた。彼女はあっという間にデザートを平らげ、楽しそうに言った。

「あたしが土岐先生を信頼しているのは、先生が厳しいからです。はじめて会ったときも、死ぬ気なんかないくせに、死をもてあそぶなって怒るから、あたし、よっぽど当てつけに死んでやろうかって思ったくらいなんです。だけど、言いたいことを言ってぶつかっていくと、きちんと受け止めてくれる。この人、あたしのことを真剣に考えてくれてるなというのがわかったんです」

「成り行きでそうなっただけさ」

佑介が珍しく照れると、響子はおもしろがるように続けた。

「あたし、今でもたまに死にたいっていう衝動に駆られることがあります。でも、先生がいい方法を教えてくれました。それは脳の誤作動だから、削除すればいいって。だから、〝死にたい〟って信号が出たら、そうしてるんです。脳って、いつも正常に作動してるわけじゃないんですね」

「うまい説明だな」

私は佑介に感心して見せ、そのあとで貴子に言った。

「カッとなったり、悪癖《あくへき》に染まったり、自分によくないことが起こるとわかっているのにそうしてしまうのは、すべて脳の誤作動かもしれないな」

「そうね。あなた、誤作動が多いみたいだから、気をつけてね」

「ひどいことを言うなよ」

私が苦笑すると、ほかの三人も笑った。

＊

あの日、佑介はたしかに生きることに前向きになっていたはずだ。響子のことを真剣に心配し、愛してもいた。はじめは彼女の死の衝動に興味を持っただけかもしれないが、いつしか心から彼女に寄り添う気持になっていた。

それがたった二ヵ月で、どんな変化があったというのか。

＊

特急「スーパーあずさ11号」は、午後零《れい》時四分に茅野に到着した。東口に下り、ロータリーでタクシーに乗る。「『セレモニーホールちの』まで」と頼むと、車は市役所前の通りを北へ向かった。所要時間は十分ほどだという。それなら告別式のかなり前に着ける。うまく頼めば、佑介に対面させてもらえるだろう。

正面に蓼科山を眺めながら、川沿いの道を進むと、やがて小振りな美術館といった感じの建物に着いた。タクシーを降りてコートを脱ぎ、ステンレス製の冷ややかな自動扉を通る。

ロビーには人影が少なく、受付にもだれもいなかった。あたりを見まわすと、気づいたらしい男性が足早に近づいてきた。

「佑介君の大学の同級生で、手島と申します」と名乗ると、男性は「少々お待ちください」と奥へ姿を消した。

ほどなく、親族控え室から黒羽二重《くろはぶたえ》を着た初老の婦人が出てきた。佑介が以前、ちょっと困ったところがあると言っていた母親だろう。たしかに、神経質で思い込みの激しそうな目をしている。後ろには佑介と面影《おもかげ》の重なる男性が付き添っていた。

「佑介の母親の信美《のぶみ》でございます。これは兄の信介《しんすけ》です。今日は遠いところを、わざわざありがとうございました」

気丈《きじょう》な声で言い、深々と頭を下げる。二人とも悲しみに沈みながら、どこか憤りを秘めているようにも思われた。早々に亡くなった佑介に恨めしい気持があるのだろう。私が佑介とは学生時代から親しかったこと、つい二ヵ月前にもいっしょにスキーに行ったことなど話すと、母親は帯からハンカチを取って口元を押さえた。

「佑介に最後のお別れをしてやっていただけますか。あの子もきっと喜ぶでしょうから」

神妙な顔で一礼すると、兄の信介が案内してくれた。

ホールには二百ほど席が並べられていたが、まだ無人で静まり返っていた。前方に豪勢な祭壇がしつらえてある。兄に従いながら、私は冷静に考えた。死後三日で発見されながら、母親のほうから別れをと言うからには、遺体はさほど見苦しくないのだろう。つまり腐敗もさほどではないということだ。

白布をかけた棺《ひつぎ》は、肩から上が観音開きになっていた。兄が取っ手を持ってゆっくりと開く。

「どうぞ」

気を引き締めてのぞき込むと、周囲を白い繻子《しゅす》に覆《おお》われた佑介は、血の気はないものの、生前とほとんど変わらない容貌《ようぼう》で静かにまぶたを閉じていた。私はまず医師の目で死に顔を一通り見た。異常なうっ血、浮腫《ふしゅ》、発疹《ほっしん》などはない。薬物中毒や窒息、吐血《とけつ》の痕跡《こんせき》もない。顔だけの所見から得られる情報は多くはなく、やはりこれではわからないかと思った瞬間、生前の佑介の声がよみがえって、涙があふれた。

「佑介……、おまえ、どうして……」

口元を押さえると、一歩下がっていた兄が、「佑介、手島先生が来てくださったぞ。よかったな」と遺体に呼びかけた。私の視界は涙で歪み、これ以上見ても何もわかりそうになかった。

「ありがとうございます」

一礼して退くと、兄はひとつ洟《はな》をすすり上げて、棺の扉を閉めた。

ホールの出口に向かうとき、その物腰から兄も医師ではないかと思い、「失礼ですが、お兄さまも先生でいらっしゃいますか」と訊ねた。

「はい。私は大阪《おおさか》の大学を出まして、今は吹田《すいた》の市民病院で呼吸器外科をしております」

兄は四十歳くらいに見えたが、彼も早死にの運命にあるのだろうか。

「先生は佑介君の死因について、何か思い当たることはあるのでしょうか。一月にスキーに行ったときは、あんなに元気だったのに」

私が言うと、兄は立ち止まり、こちらに向き直って複雑な表情を見せた。

「私にもわかりませんが、警察の説明によると、弟はソファで横になって倒れていたそうです。ちょっと横になって、そのまま居眠りをしたような感じで……。テーブルには食事の皿も残っていて、缶ビールも一本空いていたらしい。部屋を荒らされた形跡はないし、ドアの鍵もかかっていたので、警察は事件性がないと判断したようです」

「佑介君は亡くなったとき、ずいぶん汗をかいていたとお聞きしましたが」

兄は一瞬、なぜ知っているのかという目を向けたが、すぐに視線を緩めた。

「シャツと枕《まくら》代わりのクッションに、シミができていたそうですから」

「部屋の暖房が強すぎたのでしょうか」

「いや、発見時は暖房が切れていたそうです。そのおかげで室温が低くて、腐敗もあまり進まなかったようですが」

それならなぜ汗をと思ったが、兄に聞いても仕方がないと言葉を吞み込んだ。暑くないのに汗をかくとしたら、それは精神的な汗、冷や汗とか緊張による汗だろう。佑介は死ぬ前に、何か怖いものでも見たのか。

兄は視線を落とし、少しの間、話そうかどうか逡巡《しゅんじゅん》していたようだが、やがて意を決したように顔を上げた。

「検視に立ち会った警察医がなかなか熱心な先生で、弟の身体をかなりていねいに調べてくれました。外表所見に特に問題はなかったようですが、一点、右の肘静脈《ちゅうじょうみゃく》に注射痕があったそうです」

「注射痕？　佑介君が何かを静注《じょうちゅう》したんですか」

「さあ。部屋にはそれらしい注射器や薬はなかったですからね。しかし、警察医もおかしいと思い、念のために採血をしてくれました」

「死後三日でも採血できるんですか」

「血管からは無理なので、心腔穿刺《しんくうせんし》をしたそうです。市内の開業医さんなので、警察署に行った帰りに、話を聞きに行ったのですが」

兄は遠路はるばる訪ねてきた級友の私に対して、わかる範囲の情報を提供しようと思ってくれたようだ。それによると、警察医は検視に持参した簡易薬物判定キットで、佑介の血液をその場で分析したらしい。結果、軽度のアルコールと睡眠剤の反応が出た。しかし、泥酔するほどの量ではなく、睡眠剤も通常よりはやや多かったが、自殺が疑われるほどではないとのことだった。それで若干の疑問は残るものの、やはり事件性がないという見解になったという。

「詳しい血液検査はされなかったんですか」

「警察医はサンプルを持ち帰って、検査施設に出したそうです。死後三日もたってますから、溶血《ようけつ》もしているし、肝機能の酵素なんかも洩れ出しているでしょう。血糖も低かったようですが、それも死後変化では珍しくないようです」

「じゃあ、注射痕は何だったんですか」

「たまたま病院で採血をしたか、何か注射か点滴でもしたか。いずれにせよ、手がかりになるものはありませんでした」

それ以上は言うことはないとばかり、兄は背を向けて出口に向かった。その後ろ姿を見ながら考えた。右利きの佑介が、自分の右腕に注射をするはずがない。血液検査をしたのなら、結果は病院に残っているだろう。何か薬を注射したなら、それをした人物がいるはずだ。それはだれで、薬は何か。

もうひとつ気になるのは、睡眠剤だ。自殺に使うほどの量ではないにせよ、食事の前後に睡眠剤をのむだろうか。それに夕食を食べてから、自殺するというのも考えにくい。汚れた皿を残したままというのも、佑介らしくない話だ。

しかし、部屋には鍵がかかっていて、荒らされた形跡もなく、外傷もないとすれば、やはり病死と考えざるを得ないのか。

割り切れない思いのままロビーにもどると、参列客が増えており、ホールに用意された椅子《いす》の多さを納得した。

見るとはなしにあたりを見渡していると、横から「手島先生」と声をかけられた。響子だった。相変わらずのサングラスで、髪を極端なショートボブにカットしている。外国の葬式などでは、サングラスで目元を隠す女性もいるが、日本ではかなり目立つ。それに髪型もそうとう大胆だ。

「志村さん。その髪……」

「今日はわざわざありがとうございます。あたし、昨日、髪を切ったんです」

佑介の死を乗り越えるためか、それとも何か重大な心境の変化でもあったのか。それとなく響子のそぶりを観察し、妙にさばさばした雰囲気に胸騒ぎを感じた。

「一昨日、電話したときにいっしょにいた看護師さんは？」

「来てません。彼女は土岐先生を知らないから」

ならば今日の夜、響子は一人になるというわけか。

「志村さん、式のあとで少し時間ありますか」

「ええ」

それだけ話して、あとは差《さ》し障《さわ》りのない話題にとどめた。

式がはじまると、ホールはほぼ満席となった。響子は落ち着かず、頬をかすかに上気させてあたりを見まわしていた。読経《どきょう》が終わると、土岐記念病院の院長が弔辞《ちょうじ》を読んだ。参列者からすすり泣きの声が洩れる。

焼香《しょうこう》を待つ間、私は響子にささやいた。

「佑介はね、以前、僕に、もし葬式に来るようなことになったら、そのときは祝福してくれと言ったんです。とてもそんな気にはなれないけれど」

その言葉に、響子は微笑みを浮かべた。

焼香を終えてホールの外で待っていると、やがて棺が霊柩車《れいきゅうしゃ》に載せられた。車はホーンを鳴らしつつ、ゆっくりと火葬場へと向かった。

「土岐先生、逝ってしまいましたね」

響子はずっと興奮しっぱなしで、躁病《そうびょう》のように落ち着きがなかった。

「どこかでお茶でもどうですか」

誘うと、彼女は「近くにいいところがありますよ」と、足早に駐車場へ向かった。松本から自分の車で来たらしい。灰色っぽいマーチに乗ると、駅とは逆方向に少しもどり、煉瓦《れんが》の煙突があるコテージ風の喫茶店に車を停《と》めた。

「ここ、土岐先生と来たことがあるんですよ」と言いながら、カウベルのついた扉を押す。店内は空《す》いていて、喪服姿で入ってもさほど気兼ねする必要はなかった。奥の席に座り、ともにブレンドコーヒーを注文する。

響子は今、どんな気持なのか。精神状態はわからなかったが、私は思いきって正面から話を切りだした。

「志村さん。率直に訊ねますが、佑介が亡くなって、精神面でのショックは大丈夫ですか。僕はあなたのブログも読んだし、佑介からいろいろ聞かされていたので、もしや妙な考えをお持ちにならないかと、気になって」

サングラスに隠れた目は、表情がわからない。私はさらに畳みかけた。

「あなたは昨日、髪を切ったと言うし、なんだか妙にさばさばしているようにも見えるけれど、まさか佑介の後を追って……」

そこまで言ったとき、響子が突然、身体を折って吹き出した。スキーのときにも見せたはすっぱなほどの笑いだ。

戸惑う私に、響子は息を整えながら言った。

「ごめんなさい、手島先生。ご心配いただいてありがとうございます。でも、先生の思い過ごしです」

響子の周囲の空気が変わり、憑きものが落ちたように屈託《くったく》のない表情になった。彼女はブラックコーヒーを一口啜《すす》り、絵解きするように語った。

「あたし、そこまで土岐先生のことは想っていません。先生と出会って、いろいろお話しして、楽しかったし、勉強にもなりました。でも、悩みを聞いてもらったのは、あたしばかりじゃないんですよ。手島先生はご存じでしたか、土岐先生の悩み」

「佑介の悩み？　いや……」

「先生だからお話ししますが、彼、ふつうにできなかったんです。身体が、その、思い通りにならなくて」

「できなかったって……」

響子はコーヒーに目を落とし、頬を赤らめた。

「だから、あたしたち、深い関係にはなっていないんです。土岐先生はそのことを悩んで、でも、プライドがあるから素直になれなくて、性愛蔑視《べっし》みたいなことを言ってみたり、かと思えば、自分はだめだって自己嫌悪に陥ったりして……。あたしも努力したんですけど、どうしてもだめで、あたしは自然にできるようになるまで待つって言ったんですよ。でも、彼はそれでよけいに落ち込んじゃって」

言葉を失っていると、響子は顔を上げ、つと口元に残酷な笑みを浮かべた。

「だから、いけない言い方かもしれないけれど、土岐先生は今、楽になってるのじゃないかしら。手島先生がさっきおっしゃっていたこと、土岐先生がお葬式を祝福してくれと言ったのは、案外、当たっているのかもしれませんよ」

知らなかった。佑介がそんなことで悩んでいたとは。彼が医学生のころから妙に女性を寄せつけない雰囲気を発していたのは、そのせいなのか。死に惹かれ、医療を否定するようなことを言い続けたのも、医学が自分の不能を治せないことの絶望ゆえだったのか。

友人として、ほんとうの悩みを知らなかった自分の不明を私は恥じた。

「じゃあ、志村さんが髪を切ったのは、何かを覚悟して、というわけではないんですね」

「覚悟じゃありません。土岐先生との思い出に区切りをつけるためです」

それなら心配はいらないのか。響子には土岐一族の医師の運命を明かすつもりだったが、逆に思いがけない秘密を聞かされた。

ちらと壁の時計に目をやると、響子が私の目線を敏感に捉《とら》えて訊ねた。

「帰りは何時の電車ですか」

「まだ決めてませんが、そろそろ行きます」

レシートを持って立ち上がると、響子は「ごちそうさま」と、茶目っ気のある笑みを見せた。

茅野駅までは響子が送ってくれた。ロータリーで別れ、私は重い足取りで跨線橋《こせんきょう》の階段を上った。

響子の話を聞いた今、佑介の死はやはり自殺の可能性が高いように思われた。たとえ病死や事故に見えようと、根本のところでは死への意志のようなものが働いていたのではないか。

夕暮れにはまだ時間があるのに、空はどんよりと暗く曇り、人気《ひとけ》のないホームには寒々とした風が吹き抜けていた。

＊

佑介の告別式から帰った翌々日、私は一通の封書を受け取った。消印の日付は前日、差出人は志村響子。

今どき珍しいていねいなペン字で綴《つづ》られた文面には、こうあった。

『拝啓

昨日は遠いところを土岐先生の葬儀にご参列くださり、誠にありがとうございました。

手島先生の土岐先生への友情を知り、あたし、感動しちゃいました。また、帰りの喫茶店では、あたしへの深いお心づかいをいただき、感謝の言葉もありません。

お正月のスキーとオーベルジュでのフランス料理の一日は、ほんとうに楽しかったです。奥さまも素敵な方で、あたしにはかけがえのない思い出となりました。

そんなふうにご厚意をいただいた先生に、申し上げなければならないことがあります。

まず、身近なところから。

昨日、あたしは喫茶店で先生に嘘を言いました。土岐先生が性的に不能だったということ。まったく問題がなかったわけではありませんが、土岐先生は十分にあたしを愛してくれました。これは土岐先生の名誉のためにも言っておきますね。

あたしが嘘をついた理由は、ああでも言わなければ、手島先生があたしの気持を見抜いて、以後の行動を妨害するかもしれないと思ったからです。

昨日、手島先生はあたしが「妙にさばさばして見える」とおっしゃいましたね。そんなふうに見えたのは、もうあたしがしっかりと決意を固めていたからかもしれません。もちろん、土岐先生が逝った時点で、引き返すことなどできるわけもなかったのですが。

死の衝動に駆られると、あたしは目のまわりにフラッシュ（紅潮）が現れます。それを気づかれるのがいやで、あんな大きなサングラスをかけていたのです。仕事中は気が紛《まぎ》れるので、あまりフラッシュは出ませんが（だから病院ではふつうの眼鏡にしてました）、土岐先生と会っていると、どうしても気持が抑えられなくなるのです。先生には気分変調症の精神的なフラッシュだと説明していましたが、徐々に気づいていたみたいです。

土岐先生に出会ってから、あたしの衝動はますます強まっていました。それは先生との出会いに、ただの偶然ではない、運命的と思えるほどの因縁《いんねん》があったからです。スキーに行った日の夜、あたしは母と祖母の自殺の話をしましたね。母は精神的に不安定だったのですが、それも致し方ないと思います。母には姉がいて、母が生まれて間もなく、四歳で死んだんです。それを母の母、すなわちあたしの祖母が悲観して、まだ赤ん坊だった母を道連れに、焼身自殺を図りました。祖母は死に、母は大火傷《おおやけど》を負いましたが、命は取り留めました。

母の姉が死んだのは、喘息の発作だそうです。発作が起こったとき、近くの医師に診てもらったのに、きちんと治療してくれなかったせいで、命を落としたそうです。今で言う医療ミスです。母の火傷はケロイドになり、苦労したそうですが、幸い父と巡り合って、結婚することができました。ところが、あたしも小児喘息になったため、母はたいへん心配したそうです。自分の姉が、四歳で発作のために死んだのですから。

あたしの喘息が十三歳で悪化したとき、不安と恐怖が頂点に達した母は、大門街道《だいもんかいどう》の横にあるカシガリ山という雪山に迷い込んで、凍死したのです。当時、母は錯乱状態だったと言いますが、自殺願望もあったのだと思います。

母の自殺、祖母の自殺、母の姉の医療ミスの話は、二年半前、食道がんで亡くなった父から聞きました。母の姉を診察した医師の名が、土岐伊織《いおり》だということも。

そうです。土岐先生の祖父に当たる人です。だからブログに土岐先生からの書き込みがあったとき、あたしは心底、驚きました。信じられない思いでしたが、きっと母や祖母が呼び寄せたのでしょう。

あたし自身は、土岐先生に復讐《ふくしゅう》するつもりはありませんでした。だって、土岐先生が医療ミスを犯したわけじゃありませんから。

あたしは運命の不思議を感じながら、土岐先生とつき合いはじめました。父を亡くしてから虚無的になり、強い死の衝動を抱えていたあたしを、土岐先生は一生懸命支えてくださいました。それはこの前のスキーでお話ししましたね。

なのに、先生ご自身は、自分の一族は早死にだとか、長生きは苦しいばかりだとか語るんです。あたしには死ぬなと言いながら、ご自分は死を求めるなんて、矛盾しているでしょう。死ぬ気などないくせに、死をもてあそんでいたのは土岐先生のほうなんです。

一月の終わりぐらいから、先生は徐々に精神的に不安定になり、おかしなことを言いはじめました。死にかけている患者を助けるのは罪悪だとか、自分はいつ死んでもいいが、死ぬ瞬間がいやだと言ってみたり。

結局、先生は死に惹かれながら、死を恐れていたのです。死が迫っているわけでもないのに、青い顔をして、怖い怖いと怯《おび》えていました。きっと死と向き合いすぎたのでしょう。そして、この状況から逃れるためには、死ぬことを知らずに死ぬしかないと言いだしました。恐怖を感じるひまもないほど一瞬で死ぬか、死ぬことを知らずに眠ってそのまま死ぬか……。

彼の目を見たら、ほんとうに死を望んでいるのがわかりました。身も心ももう十分に準備できているのです。あとはだれかが知らないうちに手を貸せばいいだけ。

三月十日、金曜日の夜、あたしは土岐先生のマンションを訪ねました。以前からときどき夕食を作って持って行ったりしてましたから、別に怪しまれることもありません。その日はベーコンで巻いたロシア風ハンバーグを作って行きました。先生の分には、粉末にしたベゲタミンBを四錠混ぜ込んで。

二人で楽しい夕食をとり、先生はビールを飲み、そのまま眠ってしまいました。ふだん、薬など使っていない先生には、四錠の睡眠剤は十分すぎる量だったのでしょう。ゆすっても起きないほどの熟睡で、これなら細い注射の一本や二本、まったく気づかないだろうと思われました。

あたしは部屋を片づけ、あたしが来た痕跡をすべて消しました。先生一人が食事をしたように見せかけ、一人分の皿だけテーブルに残して。

そして、あらかじめ用意していたノボリンRの三〇〇単位を、先生に静脈注射したのです。それだけ速効性のインシュリンを注射すれば、低血糖性昏睡《こんすい》から死に至るのはまちがいありません。だれにも気づかれず、本人も知らないうちに、死が叶《かな》えられるのです。恐怖も苦痛もない状態で、土岐先生が望んだ通りに。

あたしは部屋の暖房をすべて切り、預かっていたキーで扉に施錠して、先生のマンションを去りました。

それからあとは、手島先生もご存じの通りです。

あたしが土岐先生の告別式に出席したのは、やはり最後まで見届けてあげようという気持と、自分の葬式をイメージするためです。生前葬をする人もいるくらいだから、自分の葬式を見てみたいという気持は、それほど異常じゃないでしょう。あたしには手島先生のように遠くから来てくれる友だちもいないし、参列者もずっと少ないでしょうが、でも、何人かの人が来て、涙を流して見送ってくれるんだろうなと思うと、とってもなごやかな気持になりました。

ここまで書いて、あたしはいったい何をやっているのだろうと、奇妙な戸惑いにとらわれています。すべては無に還《かえ》り、永遠の闇に包まれるというのに。

手島先生がこの手紙をお読みになっているころ、あたしはもうこの世にはいません。この手紙を投函《とうかん》したあと、土岐先生と同じように睡眠薬をのんで、同じ量のインシュリンを注射します。眠る前に苦しむのはいやだから、静脈注射ではなく筋肉注射にしますけれど。

部屋の暖房は切り、窓も少し開けておきます。それでも、遺体があまり腐敗しないうちに見つけてもらえればうれしいです。できれば、土岐先生と同じく、解剖も必要ないと警察の方にお伝えください。解剖では死因は特定できませんでしょうから。

敬具

二〇一七年　三月十七日

志村響子』

便箋《びんせん》を持つ手に汗が滲んだ。佑介が死ぬ前にかいた汗。それは、低血糖発作による発汗だったのか。

響子は復讐するつもりはなかったと書いているが、結果的に佑介を殺し、自分も死を選んだ。それは偶然か、それとも祖母と母から受け継がれたＤＮＡのなせる業《わざ》か。

佑介はほんとうに死を恐れていたのか。少なくとも私には、死の恐怖など語ったことはない。しかし、もし彼が、だれかにうまく死なせてもらうことを無意識に求めていたとしたら、看護師で自らも死に惹かれている響子は、うってつけの相手だったろう。死の恐怖を語ることで、うまく彼女を誘導できる。佑介の中の何かが、そう企《たくら》んで、まんまと思いを遂《と》げたのか。

便箋を折り畳み、私は虚空《こくう》に向かって佑介に問いかけた。

——おまえの葬式は、ほんとうに祝福すべきものだったのか。

真令子

深く愛し合っている夫婦が、ともに一度だけ不貞《ふてい》を働き、互いにそれを知りながら生きるのはどんな気持だったろう。八十五歳の今日まで独り身《ひとりみ》を通してきたわたしには、わからない。

わたしが本気で愛したのは、生涯にただ一人、従兄《いとこ》の土岐伊織《ときいおり》だけだ。彼はまじめで誠実な医師だったが、三十八年前、五十二歳の若さで死んだ。今、生きていたら九十歳だから、時の流れを感じないわけにはいかない。彼は奥穂高岳の山頂に向かう途中、濃い霧の中で吊尾根《つりおね》から滑落死したのだ。

つい最近、伊織の孫の佑介《ゆうすけ》が、自宅マンションで急死したと、彼の友人から聞いた。佑介も医師で、伊織の父、騏一郎《きいちろう》が創設した土岐記念病院に勤務していた。詳しいことはわからない。だが、佑介の死の直後に、彼がつき合っていた女性も、ほぼ同じ状況で不審な死を遂げたらしい。彼女の名前が志村響子《しむらきょうこ》だと知ったとき、わたしは恐ろしい因縁《いんねん》を感じずにはいられなかった。響子の祖母マサの死に、伊織が深く関わっていたからだ。

この歳になって手記を書こうと思ったのは、伊織の死の真相を今一度、明らかにしたかったからだ。わたしが書き残さなければ、すべては闇に葬《ほうむ》り去られてしまう。それは許されないことだ。

あれは事故だったのか、自殺か、それとも殺人だったのか。もし殺人なら、冥界《めいかい》からの殺人ということになる。そんなことが可能なのか——。

＊

わたしは、長野県の諏訪郡《すわぐん》原村というところで生まれた。伊織はわたしより五歳年上で、彼の母とわたしの母が姉妹という関係だった。家が近かったので、互いに行き来があり、わたしは子どものころから彼に憧《あこが》れに近い気持を抱いていた。それが恋愛感情に変わったのは、戦争が終わった翌年、伊織が松本医専（後の信州大学医学部）の医学生として、久しぶりに下宿先から帰ってきたときだ。お下げ髪のわたしに、彼はいかにもさわやかに言った。

「やあ、ヨッちゃん。きれいになったね」

ヨッちゃんというのは、わたしの本名、川島芳美《かわしまよしみ》から取った愛称で、大人になってからもしばらくは変わらなかった。それまでわたしは伊織のことを、「土岐のお兄ちゃん」と呼んでいたが、この瞬間から呼べなくなった。当時、わたしは高等女学校の二年生で、多感な時期だった。ただの憧れが、突然、得体の知れない感情に変化したのだ。わたしはこの人を愛している。身も心も捧《ささ》げて結婚したい。衝動のようにそう思った。

もちろん口に出して言えるわけもなく、わたしはただ顔を赤らめてその場を離れた。自室に籠《こも》ったが、彼の顔や姿が念頭に乱舞し、何も手につかなくなった。

伊織は大学を卒業後、そのまま松本の大学病院に勤務した。わたしは茅野の高校を出て、下諏訪《しもすわ》の精密機器メーカーに採用されて、事務職に就《つ》いた。伊織への想いは募《つの》るばかりだったが、告白などできるはずもなく、ただ時期が来るのを待つしかなかった。

そんなとき、突然、伊織の結婚が決まったと母に知らされた。相手は松本の私立病院の院長秘書をしている上条真令子《かみじょうまれこ》という女性だった。真令子は東京の深川《ふかがわ》の出身で、空襲で家も家族も失い、天涯孤独になりかけたのを、遠縁に当たる院長が呼び寄せて、秘書にしていたらしい。その真令子を伊織が見初《みそ》め、とんとん拍子に結婚が決まったとのことだった。

わたしには青天の霹靂で、驚きのあまり声も出なかった。当時、わたしは十九歳。どうすることもできず、ただあきらめるしかなかった。

真令子を恨めしく思う気持はあったが、会ってみると、彼女は素直で感じのいい女性だった。同い年ということもあり、わたしは彼女に親しみを感じた。真令子のほうでも、こちらに友だちがいないせいか、わたしに好意を持ってくれたようだった。

結婚の翌年、真令子は赤ちゃんを授かり、その子は冬司《とうじ》と名づけられた。

二年後、大学病院での勤務を終えた伊織は、父親が開いた土岐病院で勤務するため、原村に帰ってきた。今から六十年以上前のことで、病院名にはまだ「記念」の文字はなかった。

真令子は年のわりに幼《おさな》いところがあり、母親になってからも、何かとわたしを頼りにした。冬司の夜泣きで睡眠不足になったときは、わたしが子守をして、真令子に昼寝をさせたりした。たまには冬司を伊織に預け、二人で軽井沢《かるいざわ》や清里《きよさと》まで遊びに出かけたこともある。

その年の冬、真令子は結核性の肺膿瘍《はいのうよう》になって、土岐病院に入院した。伊織は懸命に治療したが、入院二ヵ月をすぎても熱は下がらず、胸に差し入れた管からは膿《うみ》が出続けた。伊織に焦りの色がうかがえ、もしかすると真令子は助からないのではないかと心配しはじめた。

真令子が入院したあと、わたしは伊織に頼まれて仕事をやめ、冬司の面倒を見た。冬司はわたしになついて、夜もわたしの添い寝でスヤスヤと眠った。

いよいよ危険な状態になり、真令子は松本の大学病院に転院した。当時、真令子は二十二歳。死ぬにはあまりに若すぎる年齢だ。わたしは我が事のように心配し、死の恐怖に怯《おび》えた。当然だろう。死ほど恐ろしく忌まわしいものはない。

真令子の容態は日に日に悪化し、予断を許さない状況が続いた。わたしは悲愴《ひそう》な思いで、真令子にもしものことがあれば冬司を引き取り、母親代わりになることを決意した。伊織さえよければ、喜んで彼の後妻になる。そして冬司はわたしが立派に育てて見せる。

万一の心づもりだったはずだが、気持の中ではほぼ既定事実のようになっていた。それくらい真令子の容態は深刻だったのだ。

ところが、しばらくすると病状は徐々に好転し、真令子は危機を脱して土岐病院にもどってきた。肩すかしをくった気がしたが、わたしは真令子の恢復《かいふく》を喜んだ。自分の勝手な思いが成就しないからといって、真令子を恨むのはお門ちがいだ。それより伊織が元気を取りもどしてくれたことがうれしかった。

＊

あのとき、わたしははじめて死を身近に感じた。当時は若くして亡くなる人もいたが、まさか自分がと思っていた。それが真令子の病気によって、決して他人事《ひとごと》でないことを実感したのだ。恐ろしかった。死ねばすべてが失われる。

わたしはできるだけ長く生きようと秘《ひそ》かに決心した。

＊

妻の死に直面しかけた伊織は、その後、真令子に異常な愛情を注ぐようになった。彼女の病気を心配し、生活全般に神経質に目を光らせるようになったのだ。

まず、食べものには保存料や添加物の入ったものはいっさい使わず、生鮮食品は少しでも古くなると捨てさせた。塩分の多い食品は遠ざけられ、卵も一日おきに制限され、魚はわずかでも焦げた部分があるとゴミ箱行きとなった。

　服や下着は、保温性と通気性が重視され、デザインや色合いにも細かな注文がついた。派手な服や流行のファッションは品位を落とすという理由で却下された。髪を染めるのもだめ、マニキュアも爪《つめ》を傷《いた》めるので禁止、イヤリングや指輪もごく地味なデザインのものしか許されなかった。

　真令子が古着屋でかわいいワンピースを買ってきたとき、伊織はどこのだれが着たかわからない服などもってのほかと、返品を命じた。スカートは足が冷えると言って、真夏でもズボンと長靴下の着用を求め、そのくせ、ジーパンは下品だと言って買わせなかった。当時、都会では〝みゆき族〟のモードが流行《はや》り、真令子も同じような服を着たいと思っていたようだが、とても認めてもらえなかった。

　その代わり、料理が苦手な真令子に代わって、伊織は毎朝、土鍋《どなべ》でご飯を炊《た》き、忙しい合間を縫って、週に四日は夕食もこしらえるようになった。出来合いのものはいっさい使わず、味噌汁《みそしる》や煮物の出汁《だし》も昆布と鰹節《かつおぶし》から取っていた。

　真令子が疲れたと言えばマッサージをしてくれ、食後にはモーツァルトを聴かせてくれ、風呂では全身を洗ってくれ、上等の香水を振りかけて、シルクのネグリジェを着せてくれる。居間にはグランドピアノが置かれ、食器棚にはマイセンのカップが並べられ、寝室には高級羽布団と安眠枕が用意された。

その一方で、外出するときは、行き先と帰る時間を報告してからでないと出られない。黙って出かけたり、帰りの時間が遅くなったりすると、どこでだれと何をしていたかを執拗《しつよう》に問いただされた。

「まるでかごの鳥みたいなの」

真令子はわたしにつらい心情を打ち明けた。伊織も従妹のわたしなら安心なのか、自由に会うことを許していた。

「どうしてそこまでするのかな」

「それが愛情だと言うの。あたしのことが心配でしようがないんですって」

「それって、真令子を信用してないってことじゃないの」

少しきつい言い方をすると、真令子は困ったように唇を尖らせた。自分でもそう思っていたのだろう。

あるとき、真令子はこんなことを言った。

「この前、カトリックの教会に行ったの。神父さんがとてもいい人だったから、あたし、聖書を勉強してみようかと思ったの。そしたら主人がだめだって」

「どうして」

「あたしが主人以外の何かに気持を向けるのが悲しいんですって。聖書に心を奪われたら、耐えられないって」

「何なの、それ」

わたしは思わず吹き出した。聖書にライバル意識を燃やすなんて、いくら何でも滑稽《こっけい》すぎる。真令子も笑うかと思ったが、深刻な表情を変えなかった。わたしはふと悪い予感に駆られて聞いた。

「もしかして、ありもしない男関係を疑われたりしてるの？」

真令子は怯えた目でうなずいた。

「御用聞きに来る酒屋の店員としゃべっただけでも、主人はものすごく不機嫌になるの。あたし、芳美のほかに友だちもいないし、ほんの気晴らしに世間話をしただけなのよ」

「御用聞きでそれなら、男性とはいっさいしゃべるなっていうこと？」

「そう。郵便配達のおじさんとか、役場の人が来ても、必要以上のことを話すとすごく怒られる。去年、冬司が小学校に上がったから、あたし、深川にいたときに続けていたお習字をまたはじめたいと思ったの。でも、許してもらえなかったわ。男の先生しか見つからなかったから」

「独占欲の強い男は、自分に自信がないって言うけど」

「そうかもしれない」

真令子はまた困惑の表情を浮かべた。

「主人はときどき昼間に突然、帰ってくるの。どうしたのって聞くと、あたしがひとりでいるかどうか心配になるんですって。冬司は小学校だから、その隙《すき》にだれかが来ていたらと思うと、確かめずにいられなくなるらしいの」

「馬鹿馬鹿しい。真令子が変なことをするわけないじゃない」

わたしはあきれたが、彼女の表情は沈んだままだった。

「主人はおかしなことを言うの。家に帰ってくる道すがら、もしもあたしが男と抱き合ってたらどうしようと思って、死にそうなくらい心配するんですって。あたしがひとりでいるのを確かめると、すごく安心するらしいけど、同時に落胆もするんだって」

「じゃあ、あなたが浮気したほうがいいって言うの」

「まさか、そんなことはないと思うけど」

わけがわからない。伊織はなぜそんな気になるのだろう。

「もし、真令子が男といたりしたら、とんでもないことになるんじゃないの」

「きっと相手を殺すわ。でも、主人はときどき、あたしが浮気をしている場面をありありと想像するらしいの。それで苦しんで、絶望して、最後はへとへとに疲れて放心状態になるのよ。あたしのことを愛してるって言いながら、気に入らないことがあったらすごく怒るし、すぐあとで土下座せんばかりに謝ったり、突然、怖い顔で黙り込んだり、あたし、もうどうすればいいのかわからない」

「もしかして、叩《たた》いたりもするの」

「それはないわ。主人はあたしを愛してくれてるから。でも、考えや好みをどれも否定されて、あたし、自分が消えてしまいそうな気がするの。何をするにも指示通りでないといけないし、いつ怒りだすかとびくびくしてなけりゃならないし」

たしかに真令子は、結婚当初の天真爛漫《てんしんらんまん》さを失いつつあるようだった。彼女はため息まじりにつぶやいた。

「手相を見てあげると言われたら、以前はパッと手のひらを広げて出してたわ。でも、今はだめ。手をすぼめてしか出せない……」

＊

断っておくが、伊織は決して異常者ではなく、病院ではごくまともな医師だった。

患者には優しいと評判だったし、同僚の医師や看護婦の評価も高かった。

わたしと話すときも、以前同様、知的でさわやかな印象だった。なのに真令子に対してだけ異様な態度を取るのは、それだけ深く彼女を愛していたということだろう。

ある意味、それはわたしには羨《うらや》ましいことだった。

＊

真令子は危うい精神状態ながら、なんとか伊織との生活を続けていた。

わたしはまた精密機器メーカーに復職し、茅野市でアパート暮らしをはじめた。何人かの男と付き合い、肉体関係も持ったが、いずれも心を満たすことはできなかった。

「川島さんはどうして結婚しないの、美人なのに」

今ならセクハラになるようなことを社長に言われたり、独身の社員から真剣にプロポーズされたこともあったが、わたしは伊織を忘れることができなかった。

伊織はハンサムで知的な男性だった。だから、真令子が言う異様な話が、ときどき信じられない気がした。もし、何かの理由で真令子がいなくなって、わたしと再婚したら、伊織はわたしにも異常な愛情を注ぐのだろうか。考えても詮《せん》ないことだが、ときおりそんな思いが胸をかすめた。

二十代の終わりになって、わたしは山登りに熱中した。はじめは近くの山歩きからスタートし、徐々にレベルを上げて、数年後には単独で槍《やり》ヶ岳《たけ》や剱岳《つるぎだけ》に登れるくらいにまで上達した。登山にはもちろん、死の危険が伴う。真令子が肺膿瘍で死にかけたとき、あれほど死を恐れたわたしが山登りに熱中したのは、伊織への思いを紛らせるためだったのかもしれない。都会では間近に迫った東京オリンピックや〝夢の超特急〟と呼ばれた新幹線が話題になっていたが、信州の田舎では、山登りくらいしか気晴らしがなかった。

そんなとき、真令子から登山に連れて行ってほしいと頼まれた。奥穂高岳に登りたいと言われ、初心者にはきついからと賛成しなかったが、真令子はどうしても登りたいと言った。

「でも、家のほうはお許しが出るの？」

「大丈夫。あたし、このごろあの人に信用してもらってるから」

伊織を「主人」と言わず、「あの人」と呼んだのが気になった。表情もいやに晴れ晴れとしている。

真令子とわたしは、蓼科山や横岳《よこだけ》で足慣らしをして、十月のはじめに奥穂高岳の登山に出発した。予定は一泊二日。上高地《かみこうち》までバスで行き、明神池《みょうじんいけ》から徳沢《とくさわ》を通って、涸沢《からさわ》から奥穂高岳に登るコースだ。登頂後、穂高岳山荘にもどって一泊し、帰りは涸沢からパノラマコースを通って徳沢に下りる。これなら真令子にもついてこられると思った。

上高地はすでに紅葉が真っ盛りで、天気もよく、山登りには絶好のコンディションだった。登山道に入ると、真令子は気が急《せ》くのか、ペースが上がりがちになるので、わたしが前を歩いて調整した。

早朝に出発したので、穂高岳山荘には午後一時過ぎに着いた。テラスでお弁当を食べ、半時間ほど休憩して出発した。真令子はさすがにバテていたが、あとひと踏ん張りよと励《はげ》まして、山頂を目指した。途中で岩場に雷鳥《らいちょう》がいるのを見つけると、真令子は、「すごい。国の特別天然記念物がいる」とはしゃいだ声を出した。

山頂に着いたのはそれから約一時間後だった。空はきれいに晴れ、北穂高岳から槍ヶ岳に続く雄大な山々が見渡せた。

「山はいいわね。あたし、山登りを趣味にしようかしら」

真令子は脚の疲れも忘れたように、両手を広げて伸びをした。西穂高岳に続く山稜《さんりょう》を眺めながら、ドーム状に突き出た場所を指さして聞いた。

「あれがジャンダルムという山？」

ジャンダルムは奥穂高岳と天狗《てんぐ》のコルの間にある岩峰《いわみね》で、西穂高岳に抜けるルートの中でも難所中の難所と言われるところだ。山の初心者である真令子が、どうして一般にはさほど有名でもないピークを知っているのか。

「ジャンダルムは巨大な岩で、正確には山ではないわよ。でも、真令子はどこで聞いたの」

「この前、テレビでやってたの。ヘリコプターで空から映していたわ。あそこを踏破《とうは》するのが登山家の夢なんでしょう」

わたしは肯定も否定もしなかった。真令子の口調が妙に華やいでいて、わたしにある予感を抱かせたからだ。しかし、まさかという気持のほうが強かった。

そのうち雲が流れ、日が傾いて気温が下がりはじめた。わたしたちは急いで宿泊予定の穂高岳山荘に引き返した。

夕食のあと、食堂の隅《すみ》でホットウィスキーを飲んだ。わたしはそこで真令子から驚くべき秘密を聞かされた。伊織に内緒で男と密会をしたというのだ。唖然《あぜん》とするわたしに、真令子は慌《あわ》てて両手を振った。

「勘ちがいしないで。その人とは逢《あ》って話をしただけよ」

それでも伊織に知れたら、ただではすまないだろう。

「相手はだれなの」

「冬司の家庭教師よ。信大《しんだい》の医学生なの」

冬司は小学六年生になっていて、中学受験をするために、四月から家庭教師についていた。男の名は加瀬満《かせみつる》。信州大学医学部の五年生とのことだった。

「いつからそんなことになったの」

「七月のはじめ。加瀬さんが夕食抜きで来たときがあって、勉強のあとでお蕎麦《そば》を出したの。主人がちょうど当直の夜でね。話してみると、とても楽しい人だった。それでこっそり連絡を取って、松本の喫茶店で三回ほど会ったの」

「よく見つからなかったわね」

「芳美と会うってことにしてたから」

真令子は舌を出して肩をすくめた。わたしはあきれながら、最近の真令子の明るさの理由を納得した。

「真令子が浮き浮きしてるのはわたしも気づいてたわよ。ほんとうに家で感づかれていない？」

「大丈夫。あたし、演技はうまいから」

そのときの真令子の確信犯的な目に、わたしは早く気づくべきだった。しかし、真令子に若い恋人ができたという事実にびっくりして、そこまで考えられなかった。思ったのは、もっと別のことだった。

「もしかして、真令子が奥穂高に登りたいって言いだしたのは……」

「そう。加瀬さんは山岳部のキャプテンなのよ。卒業するまでにジャンダルムを攻略するのが夢だと言ってたわ」

つまりはそういうことだったのだ。

それから真令子は問わず語りに加瀬のことを話した。出身は岐阜《ぎふ》で、年の離れた弟がいて、小さいころからよく勉強を見てやっていたらしい。だから、冬司にも兄のような感じで接してくれる云々《うんぬん》。

「加瀬さんは声がきれいなの。独特の温かみがあって、ラジオのアナウンサーにしたいくらい」

わたしにはどうでもいい話を、真令子は楽しそうにしゃべった。それはたしかに恋する女の口ぶりだった。適当に相づちを打っていると、ふいに黙り込み、小さいけれど重いため息をついた。

「あたし、このままでいいのかどうか、迷ってるの」

「迷ってるって、まさか、伊織と離婚するってこと？」

真令子の前では、わたしは親しみを込めて伊織を呼び捨てにしていた。真令子はそれはあり得ないという顔で苦笑したが、すぐまた暗い表情で続けた。

「このまま加瀬さんとの関係が深まってしまったら、あたし、自分がどうにかなりそうで……」

「伊織のことはどう思ってるの。愛情はある？」

「もちろんよ」

即答だった。それなら悩む必要はないだろう。

「真令子が伊織を愛してるのなら、そんなに心配しなくてもいいと思う」

「そうかしら」

「そうよ。真令子がほかのだれかと会話したくなるのは、伊織の束縛にも原因があるわ。あなた、自分が否定されてつらいと言ってたでしょう。だから、肯定してくれる相手を求めてるのよ」

「たしかに、加瀬さんはあたしの言うことを受け入れてくれるわ」

「あなたにはそういう相手が必要よ。息抜きをしないと、真令子の精神がまいってしまう。伊織への愛情がしっかりしてるのなら、家庭教師の医学生と逢って話をするくらい、何の疚《やま》しいことがあるもんですか」

「そうね。話をするだけだものね」

真令子は納得したように微笑み、ふたたびどうでもいい話を長々とはじめた。


ところが、事態は思わぬ方向に進んだ。

翌年一月のある夜、真令子はわたしのアパートに来るなり、テーブルに突っ伏して泣き崩れた。

「あたし、もうだめ。だめなのよぉ」

叫ぶように言って、ひときわ高い泣き声をあげた。

「何があったの」

もしかしてという予感はあった。真令子は肩を震わせ、悲しげにしゃくりあげた。しばらく背中をさすっていると、徐々に落ち着き、やがて洟《はな》をすすりながら打ち明けた。

「……あたし、今、加瀬さんの下宿から帰ってきたの」

それですべてを理解した。恐れていたことが起こったのだ。

「加瀬さんとは、話をするだけって言ってたじゃない」

「そのつもりだった。なのに、突然、あたしを押し倒して」

「抵抗しなかったの」

「したわ。必死に押し返そうとした。だけど、かなわなかった」

真令子は取調室に連行された犯罪者のようにうなだれた。

「いやだとは言わなかったの。大声を出さなかったの」

「接吻《せっぷん》されて、言えなかった」

ほんとうだろうか。接吻くらい、首を横に振れば免《まぬが》れられるはずだ。だが、今はそんなことを言っている場合ではない。考えなければならないのはこれからのことだ。

「このことはぜったいに伊織に悟られてはだめよ。どんなことがあっても、隠し通さなきゃいけない」

今の真令子を見れば、事件があったことは一目瞭然《いちもくりょうぜん》だ。このまま帰すわけにはいかない。

「伊織は何時ごろ帰ってくるの」

「……今日は当直なの。帰ってこない」

だから加瀬の下宿に行ったのか。一抹《いちまつ》の疑念がよぎったが、それを抑えて言った。

「じゃあ、しばらくここにいて、気分を落ち着けてから帰ったらいい。明日までに気持の整理をつけて、伊織に気取《けど》られないようにね」

それで取り繕《つくろ》うことはできるだろうと思ったが、真令子は首を振り、ふたたびテーブルに突っ伏した。

「だめなのよ。もしかしたら、あたし、妊娠したかもしれない」

「えーっ」

思わずテーブルを叩いた。

「相手は避妊具をつけなかったの？」

「つけてたわ。でも、終わったら破れてたの」

馬鹿馬鹿しい。まるで子どもじゃないか。

「それで、今日は危険日だったの？」

「わからない」

「前の生理はいつ」

「いつだったかな。二週間前か、三週間前か」

頼りない。思わず舌打ちが出た。

「じゃあ、明日の晩、伊織ともするのよ。もちろん避妊しないで」

万一、妊娠しても、伊織の子どもだと思わせるにはそうするしかない。真令子が黙っているので、わたしは苛立った。

「どうなの。できないの」

真令子は答えない。

「あなたたち、いったいどんな夫婦生活をしているの」

それからわたしは、真令子と伊織の夜の生活についてこと細かに聞き出した。今日のことを糊塗《こと》するために、少しでも不自然なところがあってはいけないと思ったからだ。間隔はどれくらいか、避妊はどうしているのか、どちらから求めるのか、どんなやり方をしているのか。

問い詰めるうちに、わたしは自分の気持が隠微《いんび》に変化するのを感じた。

……主人はお酒を飲むとだめなの。だから、宴会のある日はしないの……。

明かりは全部は消さないわ。ベッドサイドのライトをしぼって……。

まず立って抱き合うの。そのほうが、あたしの胸がきれいだって……。

えー、そんなことまで言うの。……主人はしてくれるわよ。わたしもしてあげる……。

そう、体位を変えて……。

　そのときは、目を閉じて……。

　真令子ははじめこそ戸惑っていたが、途中から素直な小学生のように答えた。わたしがどう感じているかなど、爪の先ほども考えずに。彼女の言葉が映像として浮かんでは消えた。苦しかった。腹が立ち、虫酸《むしず》が走る思いだった。わたしの最愛の人が、手の届かないところで真令子を愛撫《あいぶ》している。慈《いつく》しみ、貪《むさぼ》っている。

　耐えがたい苦しみだったけれど、聞かずにはいられなかった。この心の動きはアブノーマルだろうか。ちがう。だれの心にも潜《ひそ》む衝動のはずだ。それを否定する人は、ほんとうの自分から目を背けているだけだ。わけのわからないものは、恐ろしいから。

　問《と》い質《ただ》しながら、わたしは顔色ひとつ変えなかった。真令子を警戒させないために、ぎりぎりの努力で無表情を貫《つらぬ》いた。

　加瀬との一件についても聞いた。

「何の前触れもなしにいきなり押し倒されたの？　そんなはずないでしょ」

「最初は、疲れたと言って、彼が畳の上に横になったの。肘枕をして人差し指で呼ぶから、ふざけてるのかなと思って近づいたら、抱きすくめられたの。だめよって言ったんだけど、耳元で真令子さん、愛してるって言われて」

「あなた、名前で呼ばれてるの」

「ずっと奥さんて呼ばれてたわ。だから、無意識に自分が人妻だとわかっていたと思う。なのに、少し前から名前で呼ばれるようになって。もちろん、そう呼んでいいですかって、彼が聞いたんだけど」

わたしは唇を噛《か》んだ。真令子は何時間か前の出来事を、追想するように言った。

「あたし、どうしよう、こんなことしたらたいへんなことになると思って、早くやめないと、取り返しがつかなくなるって、途中で何度も思ったわ。怖かったし、逃げたかった。でも、思えば思うほど、身体が強ばって、これまで経験したことのないほどの快感に包まれたの。このまま死んでもいいって思うくらいの」

「つまり、よかったってこと?」

「そう。よかったの」

真令子は頬を上気させて答えた。わたしは嫉妬《しっと》と怒りを隠すのに気が狂いそうになるほどの努力を要した。真令子は吐息を洩らし、夢から覚めたように言った。

「でも、あたしが愛しているのは、主人だけよ」

「わかった。じゃあ、伊織とのこと、うまくできるわね。頑張るのよ」

息も絶え絶えになりながら、そう励ますのがやっとだった。

夜更けにわたしのアパートを出るとき、真令子が小さな声で言った。
「ありがとう、芳美。あなたはいい人ね」

幸い、真令子は妊娠することもなく、父親があいまいな子どもを産まずにすんだ。加瀬のことは顔を見るのもいやだと言っていたが、受験の前に急にクビにするのは不自然だから、あとひと月我慢するように言った。

二月、冬司は無事に神戸《こうべ》の中高一貫の私立学校に合格し、四月から寮に入ることになった。当然、加瀬は出入りしなくなる。これで真令子は事なきを得ると思われた。

ところが四月の半ば、真令子は死にそうな声で電話をかけてきて、聞いてほしいことがあると言った。

車で土岐家に乗りつけると、雨もようの暗い午後なのに、真令子は明かりもつけず、居間にぽつんと座っていた。

わたしの顔を見ると、抜け殻のように笑った。
「昨夜《ゆうべ》、加瀬さんのこと、主人に話しちゃった」
「どうして、そんなこと……」

言葉が続かなかった。真令子はひと晩、泣き明かしたのだろう。憔悴《しょうすい》しきった声で、少しずつ話しだした。

「ちょっと前から、主人が変なことを言うようになって……、夫婦の愛情とか、信頼とか……。病院に看護婦と浮気している医師がいるけど、馬鹿だ、哀《あわ》れなくらいだって。夫婦で愛し合っていれば、そんなことをするはずがない。浮気をしているやつは、家庭が壊れているんだって……。どうしてそんな話をするのか、不思議に思ってたら、ふいにあたしをじっと見るの。目の奥をのぞき込むみたいに。そして、顔を近づけてささやくの……。夫婦の間で、隠し事はいけないって」

そんなことが何日か続いたあと、昨夜、伊織が言ったという。

——長い年月の間には、浮気をしてしまう夫婦もあるだろう。もちろんよくないことだが、もっと悪いのは、事実を隠しておくことだ。浮気をしても、夫婦間の誠実が守られれば、やり直すこともできる。嘘をついて、事実をなかったことにするのは、人として許せない。何かあったのなら、正直に告白すべきだ……。

「嘘は許せないけど、誠実さえあれば、自分は乗り越えられるって、主人は言ったの」

「そんなの、自白させるための罠《わな》に決まってるじゃない」

「あたしもそう思ったわ。だから、何も言わなかった」

「じゃあ、どうして」

「まだ続きがあるの」

真令子は伊織の罠に気づいて、逆に問い返したのだそうだ。あなたは隠していることはないのと。攻撃は最大の防御というわけだ。伊織は顔を背《そむ》け、うつむいて、申し訳ないと声を震わせたらしい。

まさか、伊織にも疚しい過去があったのか。わたしは妙な期待に胸を高鳴らせた。真令子も同じだったようだ。

「あたし、緊張したわ。もしかして、どこかに情を通じた人がいるのかって。それならそれであたしも告白しやすい。そう思ったけれど、聞かされたのはぜんぜんちがった。学会で名古屋に行ったとき、夜に同僚とキャバレーに行って、ホステスと接吻をしたということなの」

「何、それ。馬鹿みたい」

思わず嗤《わら》ったが、すぐに思い返した。

「もしかして、それは真令子の秘密を聞き出すための囮《おとり》だったんじゃないの」

「たぶん。そのときは気づかなかったけれど」

真令子は虚《むな》しく笑った。伊織はホステスとの接吻を苦しげに告白し、今まで黙っていたことを謝ったらしい。

「許してほしいって深々と頭を下げるの。弁解もせず、ただ魔が差したんだと言ったわ。あたしを裏切るつもりは毛頭なかった、言えばあたしが傷つくだけだということもわかってる、でも、隠し通すことはできない、それは人間としてもっとも卑怯《ひきょう》なことだからって」

「そんなの自己満足じゃない。自分は告白してすっきりするかもしれないけど、聞かされるほうは地獄よ」

そう言ってから、わたしはまたはっと気づいた。伊織は、自分自身にその地獄を求めていたのではないか。

伊織があまりに執拗に謝るので、真令子は根負けして、「もういいです」と言ったらしい。伊織はうなずき、二人の間に刹那《せつな》、真空のような空白ができた。そこにすっと差し込むように伊織が聞いた。

——君には隠し事はない？

絶妙のタイミングだったのだろう。真令子はわずかに詰まった。それが答えになってしまった。そこまでの長たらしい話は、すべてこの一瞬のためにあったのだ。隠すのは卑劣だとさんざん洗脳し、どうでもいいような罪を先に告白し、よほどの鉄面皮《てつめんぴ》でないとごまかせない状況に追い込んでから、真偽を問うたのだ。あとはもう何を言っても無駄だったろう。

伊織は真令子に隠し事があるのを確信した。

「何かあるなら言ってほしいって、自殺する直前みたいな顔で聞くのよ。これ以上ないほどの寂《さび》しそうな目で。それでも、あたし、何もないって突っ張った。だけど、あの人の顔は見られなかったわ。あたしが顔を背けると、顎《あご》をそっとつまんで、優しく自分のほうに向かせるの。その優しさが怖くて、あたしは全身に鳥肌が立ったわ」

――大丈夫、言ってごらん、つらいだろうけど、真令子が頑張ったら、僕もきっと乗り越えられる。

伊織の声は慈愛に満ちていたらしい。息づかいさえ密やかだったと真令子は言った。

――不貞なら、僕は許せる。だけど、隠し事は許せない。僕は誠心誠意、君を愛している んだ。だから君も応えてほしい。

耳元でささやかれ、真令子はつい聞いてしまう。

――ほんとうに、許せる？

これで完全に落ちた。なんて愚《おろ》かで、か弱い真令子。どうして伊織の誘導尋問に気がつかなかったのか。

それから真令子はひと晩かけて、洗いざらいをしゃべらされた。話を聞くうち、わたしは胸の奥にどうしようもない苦い気持が湧《わ》くのを抑えられなかった。認めたくはないが、それは嫉妬だ。伊織がこれほど執拗に真令子を追い詰めるのは、深く愛しているからにほかならない。どうでもいい相手や、上っ面だけの愛情なら、ここまで問い詰めることはしない。

わたしは真令子を心配する親友の顔で聞いた。

「これからどうするつもり」

「……わからない」

どうする力も残っていないのだろう。なるようになれという投《な》げ遣《や》りな態度が垣間《かいま》見えた。

「伊織は仕事に行ったの」

「ええ……。今日は帰らないかもしれないって言ってたけど」

わたしはようすをうかがいながら、慎重に聞いた。

「もしかして、これで離婚になるようなことはない？」

「それは……ないと思う」

わたしは何を期待していたのか。ここまで深く愛している妻を、伊織が手放すはずないではないか。

「しばらくは耐えるしかないわね。つらいでしょうけど、時間が癒やしてくれることもあるわ」

そう慰めて、土岐家をあとにした。

帰り道、わたしは運転に集中できず、三度も急ブレーキを踏んだ。

＊

なぜ伊織がそこまで真令子を愛したのか、わたしにはわからない。彼女は美人にはちがいないが、小柄でやせぎすだった。わたしのほうがよほど魅力がある。当時はそう思っていた。八十五歳の今となっては、美貌《びぼう》など何の値打ちもないけれど……。

真令子から不貞の事実を聞き出して、伊織はどう思ったのか。もしかしたら、許せないのでは。そんな期待もないではなかった。

だから、伊織から誘いの電話がかかったとき、わたしの心は浮き立った。

「上諏訪《かみすわ》にロシア料理のレストランができたんだ。一度、いっしょに行かないか。真令子のことでいろいろ世話になってるし」

電話口で、伊織は思わせぶりな言い方をした。

「バラライカ」というその店は、木造の一軒家で、見るからに外国風のしつらえだった。一階は吹き抜けの広間で、楽士が賑《にぎ》やかにアコーディオンを弾《ひ》いていた。

約束の十分ほど前に行くと、伊織は先に来ていて、二階の個室で待っててくれていた。

「早いわね」

「僕も今来たところだよ」

わたしたちはまずビールで乾杯した。伊織は車で来ていたが、そのころは飲酒運転もさほど厳しく取り締まられていなかった。料理はパイ生地《きじ》をかぶせた壺《つぼ》焼きや、ボルシチ、ピロシキ、ニシンの酢漬けなどを伊織が注文した。

「ヨッちゃんにはいろいろ世話になったね。早くお礼を言わなきゃと思ってたんだけど、僕も気分的になかなか立ち直れなくて」

伊織は笑顔を見せたが、頰は青白く、微笑みはぎこちなかった。しばらく世間話をしたあと、何気ない調子でわたしに聞いた。

「真令子のこと、最初に聞いたのはいつ？」

「奥穂高に行ったとき。でも、そのときはまだ何もなかったのよ」

「じゃあ、ことが起きる前から話してたんだね。真令子はヨッちゃんを頼りにしてたから」

「ヨッちゃんて呼ぶのやめてくれない。もう子どもじゃないんだから」

伊織はちょっと戸惑ったようだが、「わかった」とうなずいた。

「僕は真令子を裏切ったことは一度もない。真令子も当然、そうだと思ってた。だからショックだった。その気持わかるだろう、芳美にも」

はじめて名前で呼ばれ、わたしは全身に強い電流が流れたような痺《しび》れを感じた。

「真令子は過《あやま》ちは一回きりだと言ったよ。一回ならわずかな過ちだというみたいに。でも、それはちがう。二回は一回の倍にすぎない。十回でもただの十倍だ。でも、ゼロに比べれば、一回でも無限大の苦しみになるんだ」

なんという理屈だろう。伊織は深刻な表情で赤いテーブルクロスを見つめた。

「真令子の告白を聞いたとき、僕は悔《くや》しさと苦しさで頭が変になりそうだった。裏切られることがこれほどつらくて悲しいものだとは知らなかったよ」

「じゃあ、どうして問い詰めたりしたの」

「苦しみを減らすためだよ」

「聞けば苦しみが増すだけじゃない。知らずにいれば、苦しまなくてすむでしょうに」

「それはちがう。芳美にはわからないのか」

ふたたび名前を呼ばれ、電撃に襲われる。伊織はもどかしげに声をひそめた。

「起こったことはすべて知りたい。そうでなければ、どんなことがあったのか、よけいな空想でいっそう苦しむ。すべてを知れば、それ以上のことはなかったと、自分を宥《なだ》めることができるだろう。真令子が何をしたのか、何をされたのか、そのときどう感じたのか、相手の指はどう動いたのか、真令子の身体はどう反応したのか。聞けばその場面が思い浮かんで苦しい。だけど、聞かずにはいられない。事実を受け入れるために、ぜひとも必要なんだ。苦しくて、悔しくて、身悶《みもだ》えするほどつらいけれど、それを避けては通れない」

「そんな細かなことまで聞いたの?」

「ああ」

なんてひどいことを。わたしは伊織の卑劣さにあきれた。これまで伊織は紳士の仮面をかぶっていたのだ。

でも、と、わたしは思い当たる。それなら伊織は今、わたしに素顔を見せている。真令子にだけしか見せていなかった本性を。

伊織は苦しみながら、明らかに興奮していた。指先が細かく震え、呼吸が切迫している。まるで、苦悩の中に同じ深さの快楽が潜んでいるかのように。伊織はたった一度の真令子の不貞を、何度も何度も頭の中で再生し、自ら苦しみと快感にのたうちまわっていたのだ。

頭を抱える伊織を見て、わたしは胸が熱くなるのを感じた。もちろん感動ではなく、激しい嫉妬だ。彼は何も気づかず続けた。

「告白はつらいだろうが、それが誠実というものだ。それに耐えることが、僕の苦しみの一部を贖《あがな》うことになる。だから、真令子はすべてを話すべきなんだ。つらければつらいほど、告白は尊いものになり、誠実さは高まる。それが僕の傷を癒やすことにもなるんだ」

伊織は冷めかけたボルシチをスプーンですくった。わたしの視線に気づくと、ふいに冗談めかして言った。

「こんな話ができるの、芳美だけだよ」

わたしは胸苦しさに耐えられず、反射的に返した。

「ごめんなさい。やっぱり前の呼び方にもどしてもらえる」

「そのほうがいいの？」

伊織はわたしの気持も知らず、無頓着《むとんちゃく》にビールを飲んだ。悲しかった。意地の悪い感情が肚《はら》の底でうごめいた。

「真令子のすべてを知ると言っても、確かめようがないでしょう。ほかに隠していることがあっても、本人にしかわからないんだから」

「いや、わかるよ」

伊織はナプキンで口を拭い、両手をテーブルに置いた。

「嘘や隠し事があれば、必ず話に齟齬《そご》が生じる。ごまかすために別の嘘が必要になるからね。僕は聞いた話を全部覚えているから、細かなことを問い詰めて、前と辻褄《つじつま》が合わなければ、すぐにわかるんだ。それに」と、伊織はわたしに強い視線を当てて、薄笑いを浮かべた。

「僕は真令子に誠実さの大切さをこんこんと話しておいた。隠し事があったら、良心が耐えられないくらい執拗にね」

　恐ろしい。まるで拷問だ。なぜそこまでするのか。やはり愛なのだろう。わたしは悔しくて、意地になって言い返した。

「それでも、隠し通せることはあると思うな」

「たとえば？」

「うまく言えないけど……」

　わたしは少し考えて、別の方向から伊織に聞いた。

「じゃあ、真令子の話はすべて辻褄が合ってるの」

「もちろん」

　伊織は自信ありげに答えた。わたしは目を逸らして、お返しのように無頓着にビールを飲んだ。

　料理が終わりに近づいても、伊織は真令子のことを話し続けた。わたしは聞き役に徹するふりをして、話を目的に近づけていった。伊織はビールをウォッカに替え、顔を赤くしていた。そしてついに、わたしが待っていたことに話が及んだ。

「真令子は加瀬と関係した翌日に、僕に求めてきたんだ。そして、避妊具をつける前に迎え入れた。おかしいと思ったけれど、そのときは単なる気まぐれかと思った。あとから聞くと、加瀬と過ちを犯してしまい、それが恐ろしくて、僕に救いを求めたと言うんだ。愛情を確かめたかったから、避妊具なしでしたかったと」

「……へえ」

一瞬、相づちを遅らせた。かすかな困惑を滲ませて。またたきを止め、唇をほんのわずかに引き締めて。我ながら絶妙の演技だ。

伊織は敏感に察知したようだった。すっと酔いが冷めたように見えた。

「もうよしましょう。そんな話」

わたしは、デザートのアイスクリームから真っ赤なチェリーをつまんで口に入れた。伊織は放心状態で、残ったウォッカを一気に呷《あお》った。

帰りはわたしが運転した。伊織は足元がふらついて、とてもハンドルを握れる状態ではなかったから。彼は助手席で黙り込んで、ずっと何かを考えていた。

数日後の日曜の夜、伊織から電話がかかってきた。

「また、あいつに裏切られた」

呪詛《じゅそ》と怨念《おんねん》を練り込んだような声だった。新たな隠し事が発覚したということだろう。伊織はそうとう飲んでいるらしかった。

どこにいるのと聞くと、塩尻《しおじり》だと答えた。

「そんなところで何をしているの」

「名古屋に行くんだ」

いやな予感がした。伊織は名古屋で我が身を破滅させようとしているのではないか。

「そんなところへ行かないで。真令子が心配するわ」

「あんな下《げ》の下の女、どうなってもいい。勝手に野垂《のた》れ死《じ》にやがれ」

「名古屋になんか行かないで、わたしのところに来て」

思わず懇願《こんがん》した。電話の向こうで、戸惑う気配がした。「うぅっ」と、呻《うめ》くような声が洩れた。

「お願い。わたしもあなたが心配だから。真令子にはぜったい言わない。塩尻なら迎えに行く」

「……いや、タクシーでそっちへ行く」

「待ってるわ」

わたしはしばらく放心した。

人は自分が考えたことだけをしゃべるのではない。とっさに口走ることがある。いったん出た言葉は、二度と口へはもどらない。

伊織はそれまでと見ちがえるほどやつれてやってきた。髪は乱れ、目は落ちくぼみ、頬の肉はそげ落ちていた。戸口で身体を揺らす彼を、わたしは抱きかかえるように中へ入れた。

「何があったの」

伊織は吐《は》き捨てるように答えた。

「あいつは加瀬とは直《じか》には触れてはいないと言っていた。避妊具をつけてたからと。だが、嘘だったんだ。あいつは男の体液を受け入れてた。精子はふつうの細胞とはちがう。染色体が半分しかないから常に相手を求めている。たとえ妊娠しなくても、粘膜を通じて細胞に取り憑く。いや、妊娠すれば、その精子は胎児となっていずれ体外に排出される。しかし、受精しなかった精子は、大量に体内で溶けて吸収される。あいつの身体に混じり込むんだ。汚らわしい。二度と消えない烙印《らくいん》だ」

医師はそんなふうに考えるのか。それほど真令子を純血に保《たも》ちたかったのか。

しかし、どうして真令子は避妊具が破れたことまで告白したのだろう。

「真令子が自分から言ったの？」

「言うわけないだろ。俺が聞き出したんだ。前に言ったみたいに、誠実さの意味を突きつけて、細かなことを問い詰めて、辻褄の合わないことを並べ立て、隠し事を見破って、最後に吐かせたんだ」

伊織は歪んだ笑みを浮かべた。勝ち誇ったような、地獄を見たような。身の毛がよだつ。真令子はどれほど激しい責め苦を受けたのか。

そう思う間もなく、伊織はふたたび繰り言《くりごと》をはじめた。

「どうして、あいつは俺をこんなに苦しめるのか。直接、触れたのなら、はじめからそう言えばよかったんだ。それなら、まだ乗り越えられただろう。いったんなかったと言って、安心させて、実はあったと言うのは、あまりに残酷だ。生傷に焼け火箸《ひばし》を突き刺すのも同然だ」

伊織は片手で顔を覆い、もう一方の手で机を叩いた。

「俺がどんなにあいつを愛し、大切にし、慈しんできたか。それがすべて裏切られた。蔑《ないがし》ろにされ、踏みにじられたんだ」

歯を食いしばり、嗚咽《おえつ》を洩らす。哀れな伊織。わたしはその肩を抱いた。崩れるように寄りかかる。怒りと悲しみが、発狂した野良猫のように伊織の脳内を疾駆しているのだろう。

「かわいそうな人」

「僕は、残念だ」

わたしは夢中で伊織の口に自分の唇を押し当てた。両手でその頬を撫《な》でる。唇を離し、この胸に頭を掻《か》き抱《いだ》く。伊織の涙がわたしのブラウスを濡らした。

どれくらいそうしていただろう。苦悩のどん底にいる伊織は、不思議な魅力を発していた。悲しみの深さにわたしは魅了された。

異変に気づいたのは、伊織の目が怪しく光っていたからだ。戦慄《せんりつ》した。そんなつもりじゃない。わたしは慰めたかっただけだ。なのに伊織の腕がわたしの自由を奪った。

「待って」

身体をよじった。だが、すぐに引き寄せられる。抗しがたい力で。熱い息が額にかかる。

「やめて」

「なぜだ、芳美」

またも全身に電流が流れた。喘《あえ》ぎながら必死に聞いた。

「愛してるの？」

「ああ。愛してる。芳美、君がずっと好きだった」

「嘘よ。信じない」

ありったけの目力でにらんだ。伊織も見つめる。そんなはずはない。涙があふれた。もし、そうだったのなら、今までのわたしの苦しみは何だったのか……。

嘘でもいいと思った。幻でも、偽りでも。加瀬に身を任せた真令子も、同じ思いだったのかもしれない。

天井の粗末《そまつ》な明かりが、天上の光のように華々しく見えた。

*

そのときの悦《よろこ》びは今も息づいている。陰《かげ》ながらずっと好きだった伊織に、「愛してる」と言われて抱かれたのだから。

でも、わたしはもっと冷静に考えるべきだった。そうしていれば、あとに続く悲劇は避けられただろう。当時わたしは三十三歳で、女として微妙な年齢だった。今ならそんなことはないが、五十年あまり前、そろそろ独り身で生きていく覚悟をしなければならない時期だった。そんなときに、好きだった男に抱かれたのだ。舞い上がるなというほうが無理だろう。

だが、おかげで事態はまったく思いもよらない方向に進んだ。

＊

伊織の言葉に未来を賭《か》けたわけではない。だが、その声、腕の力、あふれ出るオスの本能のようなものは、生々しく身体に刻み込まれた。

一方、真令子との関係も考えないわけにはいかなかった。わたしは親友である真令子を裏切ったのだ。しばらくは距離を置かざるを得ないだろう。

ところが、事態は真逆になった。接近すべき伊織が離れていき、真令子がわたしの懐《ふところ》に飛び込んできたのだ。

真令子がいきなりアパートの扉を叩いたとき、復讐に来たのかと思った。それなら負けるわけにはいかない。そう決意して扉を開けると、彼女は子どものような泣き顔ですがりついてきた。夫を奪った相手になぜ？　わたしは警戒しながら話を聞いた。

真令子は、伊織が自ら不貞を告白したのだと言った。

「あたしは何も訊ねていない。なのに自分から大事な話があると言って」

真令子は傷つき悲しむ女の単純さで語った。

「何の話かすぐにわかったわ。実は、と言われたとき、やめてと叫んだの。でも、あの人はやめなかった。あたしのことを愛しているから、言わなければならないって。あたしは逃げ出そうとした。だけど、できなかった。もう手遅れだとわかったから。不幸の扉が軋《きし》みながら開くのを、見ているしかなかったの」

真令子はいつ豹変《ひょうへん》するかしれない。そう身構えていたが、彼女は弱々しく泣くばかりで、いっこうに怒る気配を見せなかった。

落ち着くのを待ってから、わたしはおそらく大丈夫だと踏んで訊ねた。

「相手は、だれだったの」

「聞いてない。主人は言おうとしたけれど、耳を塞《ふさ》いだの。これ以上、あたしを苦しめないで。愛しているなら、あたしの気持を少しは汲《く》んでって叫んで」

そういうことか。伊織は告白を中絶させられたのだ。

「主人は弁明はしないと言ったわ。ただ、夫婦だから隠しておくことはできないんだって」

「それは、伊織なりの誠意ということ？」

慰めのつもりで言うと、真令子は身体を起こしてわたしをにらんだ。

「やめてよ。どこにそんな誠意があるの。前に芳美も言ってたじゃない。単なる自己満足だって。いいえ、今回のはちがうわ。明らかにあたしを苦しめようとしたのよ。浮気を告白して、あたしに煮え湯を飲ませたの。これもあたしのせいだと、暗黙のうちににおわせて」

「そんな素振りを見せたの？」

「いいえ。でも、あの人は無理やりあたしの秘密を聞き出して、そのすぐあとにことを起こしたのよ」

「かわいそうに。つらかったでしょうね」

そっと肩に手を置くと、真令子はふたたび突っ伏して泣いた。むせび泣きながら、途切れ途切れに言葉を絞り出す。

「……こんな苦しみ、耐えられない。……あたし、どうすればいいの。……あの人は、自分も苦しいと言ってた。そりゃ苦しいでしょう。でも、それで悦んでるのよ。……もう、ついていけない。あの人を殺して、あたしも死にたい」

「そんなこと言わないで。怖いこと」

わたしは真令子を強く抱いた。細い身体が震えている。

「つらいでしょうけど、頑張って。真令子はまだ若い。きっとやり直せるわ。時間がすぎたら立ち直れるわ」

励ましながら、わたしは胸の奥で奇妙な感情がうごめくのを感じた。なぜか気持がいい。それは、紛れもない優越感だった。

夫の浮気相手はわたしなのに、真令子はそれを知らない。知らずにわたしにすがっている。伊織もまた、わたしが真令子に加瀬との付き合いをそそのかしたことを知らずに、心の底をさらけ出した。まるで両方の手のひらに、別々に伊織と真令子を載せているみたいだ。あるときは右手、あるときは左手と、思いのままに顔を向け、支配している。

そう思えば、わたしは真令子に優しくすることができた。

ところが、少しあとで不幸な事件が起こった。

伊織が医師仲間の集まりで酒を飲んで帰ったあと、近所の患者が娘を診てほしいとやってきた。娘は四歳で、小児喘息を患っていた。これまで大きな発作はなく、吸入と気管支拡張剤で症状は治まっていた。伊織は娘の胸に聴診器を当て、軽い発作だと診断した。

――家で吸入をして、いつもの薬をのめば大丈夫。

そう言うと母親も安心し、ていねいに頭を下げて帰って行った。

ところが、明け方、娘は激しい呼吸困難の発作を起こし、救急車を呼ぶ前に死んでしまった。

伊織は結果的に判断を誤ったことになるが、家に来たとき、娘の喘鳴《ぜんめい》は軽度で呼吸困難もなく、明け方の重積発作は予測困難だったようだ。

——あれくらいの喘息で入院させていたら、すべての患者が入院になってしまう。

娘の家は少し前に父親が亡くなり、生活が苦しかった。母親も日ごろから娘が入院になったら困ると洩らしていた。そんなことも伊織の判断を誤らせたのかもしれない。しかし、結果が悪ければ、医師は糾弾《きゆうだん》される。

間の悪いことに、伊織は真令子との一件で、誠意とか正直に異様なほど神経を尖らせていた。それで彼は娘の葬式のあと、わざわざ患者の家に行って自分の判断ミスだったと告白した。

——あのとき入院させていれば、娘さんは死なずにすんだでしょう。

耐えがたい苦しみに襲われたとき、人は怒りで紛らせようとする。娘を亡くした悲しみを持てあましているところに、医師が非を認めて謝罪に来たのだ。怒りをぶつけるのに、これほどふさわしい相手があるだろうか。

母親は伊織を激しくなじった。酒を飲んで、ロクに診察もせず、いい加減な判断で娘を死なせたと、事実以上に伊織を責めた。

その話を聞いた真令子が、伊織に黙って患者の家へ行った。

――娘さんが手遅れになったのは、お母さんのせいでもあるでしょう。もっと早くに救急車を呼んでいれば、娘さんは助かった。呼ばなかったのは、入院させたくなかったからでしょう。

その指摘は一部、当たっていた。母親は絶望し、次の日の夜明け前、生まれて間もない患者の妹を連れて、土岐病院の前でガソリンをかぶった。母親は焼死したが、妹はかろうじて助けられた。

母親は真令子が自殺に追いやったも同然だった。だが、真令子は何ら良心の呵責《かしゃく》を感じていないようだった。伊織は困惑していたが、真令子は悪びれることもなく、これがあたしの誠意なのだと言って、涙ひとつ見せなかった。

*

このとき焼身自殺をしたのが、伊織の孫である佑介が付き合っていた志村響子の祖母マサである。九死に一生を得たマサの次女彰子《あきこ》は、その後、松本の親戚《しんせき》に育てられ、養子を迎えて女の子を産んだ。それが響子で、長じて佑介の彼女になり、先日、奇妙な急死を遂げたわけだ。

響子のことなど、わたしはほとんど知らなかったが、母親の彰子が大門街道《だいもんかいどう》の横にあるカシガリ山で自殺に近い凍死をしたとき、いっとき土岐記念病院で噂《うわさ》になった。彰子の母であるマサが、焼身自殺したことを思い出した者がいたからだ。残された響子という娘に、自殺癖が遺伝しなければいいがなと、何人かが声をひそめた。

志村マサに対する真令子の反応は、今から思えば、実は意外でも何でもないのだが、当時はまったく理解できなかった。

＊

その後、わたしは真令子と距離を取った。

彼女の一人息子の冬司は、神戸で寮生活を続けていて、滅多に家に帰ってこなかった。伊織と真令子は夫婦水入らずの生活だったが、二人がどんなふうに暮らしていたのか、わたしは知らない。どちらもが一度ずつ不貞を働き、互いにそれを知っているのは、さぞや息苦しかったことだろう。

それから六年後、冬司が京都大学の医学部に合格した。よど号のハイジャック事件が起きた翌年で、京大は学生運動が盛《さか》んだと聞いていたので心配したが、幸い、冬司は政治には無関心のようだった。

わたしは伊織夫妻と冬司を茅野の高級フレンチの店に招待して、入学を祝った。久しぶりに会う伊織は、居心地が悪そうだったが、土岐病院の院長として、それらしく振る舞っていた。真令子は相変わらず細くてきれいだった。冬司も立派に成長していた。

わたしは山登りを続けていて、南北アルプスの名峰はほぼすべて征服していた。難路と言われる奥穂高岳から西穂高岳に抜けるルートも踏破した。

「ジャンダルムにも登ったのよ」

真令子にだけわかるように言うと、彼女はつらそうな表情で顔を伏せた。加瀬との一件の傷は、まだ十分には癒えてないようだった。

それからさらに六年が過ぎ、冬司は大学を卒業して医師になった。すべては平穏に経過しているように思われた。

ところが、真令子はふたたび肺膿瘍になり、重症化して敗血症になってしまった。

敗血症はいったん発症すると、連鎖反応的に病状が悪化するらしい。伊織はすぐに真令子を自分の病院に入院させ、できるかぎりの治療をした。さらには前回と同じく、松本の大学病院にも転院させたが、病状は快方に向かわなかった。

わたしはどうせまた恢復するのだろうと楽観していた。前だってもうだめだと言われていたのに治ったではないか。それにわたしはなぜか、病気の真令子に会うのが怖い気がしていた。なのに十一月の寒い日、突然、見舞いに行かなければという衝動に駆られた。まるで真令子に引き寄せられるように。ほかの見舞客がいないことは、直感でわかっていた。

病室に行くと、真令子は個室のベッドに仰向けになり、顔を窓側に向けていた。わたしが声をかける前に、彼女は顔を背けたまま言った。

「芳美。よく来てくれたわね」

ゆっくりと向き直る。青白い皮膚、やつれた頬、半眼に開かれた目は灰色だった。死に瀕《ひん》しているはずなのに、その表情には哀しみの恍惚のようなものが浮かんでいる。わたしはどう声をかけていいのかわからず、唇を震わせた。

真令子はわたしを見つめ、ゆっくりと口角を持ち上げた。

「あたし、先に逝くわね」

「だめよ。そんなこと言わないで」

必死に声を絞り出した。真令子は何かを思い出すように「うふっ」と笑った。

「あたし、全部わかってたのよ」

「……何のこと」

「加瀬さんをそそのかしたの、あなたでしょう」

わたしはうろたえた。なぜ知っているのか。

穂高岳山荘で加瀬の話を聞いたあと、わたしは山仲間を通じて、信大の山岳部に連絡してもらい、加瀬に会った。真令子から相談を受けた者として、どんな相手か見ておく必要があると思ったからだ。よくない男だったら、別れさせなければならない。ところが松本の喫茶店に現れた加瀬は、予想以上にいい男だった。憎らしいほどに。

それでわたしは加瀬に言った。

――真令子は寂しいのよ。

加瀬は戸惑っていた。どうすればいいのかわからないようだった。

――たとえば、名前で呼んであげるだけでもちがうと思うわ。

わたしが会いに来たことは、ぜったいに秘密にしてと頼んだはずだ。でないと真令子がかわいそうだと言って。

何も言えずにいるわたしに、真令子はさらに言った。

「加瀬さんとのことを、主人に感づかせたのもあなたよね」

首を振ろうとしたができない。もちろん、あからさまに告げたわけじゃない。

──真令子はこのごろ明るくなったわね。家では変わらない？　おかしいわね。

伊織に言ったのはこれだけだ。しかし、敏感な伊織なら、気づくだろうと思っていた。真令子の演技は見透かされ、疑いの目で見られるようになった。

「演技はうまいだなんて、自惚《うぬぼ》れていたあたしが馬鹿だった」

真令子は細く笑った。カミソリのような視線をわたしに向ける。

「でも、あたしたちの夫婦生活を根掘り葉掘り聞いたときの、あなたの演技は見ものだったわ」

真令子がわたしのアパートに駆け込んできたときのことだ。真令子は小学生のようにしゃべっていると思ったのに、すべてを見透かしていたのか。

「それからね」

まだあるのか。わたしは耳を塞ごうとして、電撃のように悟った。真令子が同じように耳を塞いだと言ったこと。

「そう。あたし、聞いてたの。主人の相手があなただったってこと」

「じゃあ、どうして知らないふりを……」

「あなたがどんなふうに振る舞うか、見たかったの。あたしを裏切り、主人を奪った人がどんな顔をするのか」

後ずさり、その場にへたり込んだ。

「あなた、親切だったわよね。うふふ」

呻くように笑う。恐ろしい。

わたしは真令子を窮地に追い込み、苦しめ、自分がそれを助ける役まわりを演じていた。卑劣な贋《にせ》親友。それも見透かされていたのか。

「そうよ。だから、あたしは先に逝くの。あとはよろしく、お願いね」

真令子は首を持ち上げ、わたしを見下ろした。そして、この世のものとも思えない冷ややかな笑みを浮かべた。

それから三日後、真令子は息を引き取った。享年四十五。

最後の二日は昏睡状態だったらしいから、意識のある状態で会ったのは、わたしが最後だったようだ。

＊

真令子が亡くなったとき、わたしは表面上は悲しみながら、心の底でほっとした。彼女は死に、わたしは生き残った。生きていればいいこともある。結局は、生きている者の勝ちなのだ。

だけど、わたしは真令子の死に顔を見ることができなかった。

今、それを悔《く》いている。死に顔さえ見ておけば、彼女が死んだことも、何もできなくなったことも、確かめられたのに。

＊

真令子の葬儀は、原村の土岐家で行われた。病院の職員や医療関係者、患者など、伊織にゆかりのある人が三百人近く会葬に訪れた。しかし、真令子の知り合いはほとんどいなかった。伊織は冷静に応対していたが、ときおり心ここにあらずの状態になり、周囲の者を心配させた。

伊織は一週間、病院を休んだあと、ふたたび勤務に復した。外来診療や院長としての職務をこなした。家のことは病院の職員や近所の人たちが手伝ってくれた。わたしもできるだけ土岐家に通った。冬司は結婚して京都で暮らしていたから、伊織は広い土岐家で独り暮らしをしていた。

満中陰《まんちゅういん》が明けて、近所の人たちもほぼ引き上げたとき、わたしはこれからも伊織の身のまわりの世話をしてあげると申し出た。ところが伊織に断られた。

「ヨッちゃん。僕は大丈夫だ。今までは真令子に任せっぱなしだったけど、これからは自分でするよ」

伊織は久しぶりにわたしを以前の呼び方で呼んだ。

「それに、真令子も疲れたろうから」

妙なことを言うなと思ったが、まだ心の整理がつかないのだろうと、取りあえず引き下がった。

人の出入りがあるうちはそうでもなかったが、だれも来なくなると、土岐家には真令子の気配が濃厚に感じられるようになった。伊織はアルバムから真令子の写真を剝《は》がし、フレームに入れて部屋のあちこちに飾った。仏壇の前にも何枚もスナップを並べた。

「そんなふうにしたら、真令子が安心して成仏できないんじゃない」

やんわりたしなめたが、効果はなかった。

気分転換にと思って、カフェに連れ出したり、美《うつくし》ヶ原《はら》にドライブに行ったりしたが、伊織は真令子のことばかり話した。

「もう一度、真令子に会いたい。何も話さなくてもいい。ただ会って、抱きしめたい。そして、謝りたいんだ」

「何を謝るの」

「僕は彼女を愛しすぎた。身勝手な愛情で苦しめた」

顔を歪める伊織を見て、わたしはまた嫉妬に苦しんだ。

春物の買い物のために、デパートにつき合ってもらったとき、伊織はカシミアの売り場で、ローズピンクのカーディガンを買った。わたしへのプレゼントかと思ったが、ちがった。

「真令子が寒がるといけないからね。夏前まで鳥肌を立ててるんだ。背中が冷えるらしい」

「でも……、どうやって着せるの」

伊織はおかしなことを聞くという顔で答えた。

「真令子はこの色が好きなんだ。カシミアがお気に入りでね。色白だから、濃い色が映えるだろう」

真令子が死んで四ヵ月以上過ぎてもこの調子だった。真令子の死を理解しているときもあったが、口から出るのは美しい追憶ばかりだった。

「真令子はほんとうに思いやりのある妻だった。素直で無垢《むく》な心の持ち主だった」

とんでもない。真令子は冷酷で、非情な女だ。臨終の直前にわたしに見せた素顔は、恐ろしいほど狡猾《こうかつ》だった。

だがそれは言えない。正体をばらしたら、真令子がどれほど怒るかしれないからだ。死んだ者に何ができるかとも思うが、もし霊が残っていたら、恐ろしい復讐を企てるだろう。

真令子の死後、伊織はやつれていたが、春の終わりごろから食欲が回復し、夏を越すと逆に太りはじめた。なぜと思っていると、わたしにこう言った。

「真令子は食欲がないみたいなんだ。せっかく作った料理を残すから、僕が全部食べてる」

彼は二人分の食事を食べていたのだ。

菩提寺《ぼだいじ》で一周忌をすませたあと、久しぶりに土岐家を訪ねた。

玄関の引き戸を開けて、わたしは息を呑んだ。上がり框《がまち》に、真令子のハイヒールやサンダル、ブーツなどが一面に並べられていた。部屋はさらに異様で、居間から座敷《ざしき》まで、真令子の服や着物がところ狭しと広げられている。写真は無数に増え、真令子の顔だけ大きく焼き増ししたものが、壁といわず柱といわず、そこここに押しピンやセロハンテープで留めてあった。笑顔の真令子、澄ました真令子、じっとこちらを見つめる真令子。顔、顔、顔が家中にあふれていた。

真令子は生前、伊織の愛情に支配されると嘆いていたが、今、彼女は完全に伊織を支配していた。いつ果てるともしれない呪縛で。

「こうやってると、真令子がいつもそばにいるみたいだろう」

伊織はうっとりするように笑った。わたしは彼の両肩をつかんで叫んだ。

「しっかりしてよ。真令子はもう死んだのよ」

伊織は口元に笑みを残したまま、斜めに目を伏せた。わたしは真令子の写真を壁から剝がそうとした。服も着物もすべて片づけるつもりだった。すると、伊織がわたしを止めた。

「大丈夫。ヨッちゃんが心配してくれるのはわかる。でも、しばらく好きにさせてくれ。こうでもしなきゃ、精神のバランスが取れないから」

伊織の声は、存外まともだった。だから、わたしは油断した。代償行為と自覚しているならいいかと思ったのだ。

わたしは伊織の家をそのままにして帰宅した。

＊

人は自分の考えで判断し、行動していると思っている。だが、実際は何かに操《あやつ》られているのかもしれない。知らないうちに誘導され、支配されている。仕組んだつもりが、仕組まれていることもある。

そのときには気づかないが……。

＊

その後、わたしは体調を崩して、自分のことで忙殺された。伊織のことも気になったが、自分の身体が先決だった。幸い、翌年の春には調子もよくなり、少し余裕も持てるようになった。

久しぶりに土岐家を訪ねると、真令子の遺品はすっかり片づけられ、写真もアルバムにもどされていた。

「ふつうの生活にもどったみたいね。よかった」

「ヨッちゃんも元気そうだね。実はお願いがあるんだけど」

彼は照れくさそうに笑った。

「前にジャンダルムって言ってただろ。そこに登りたいんだ。連れて行ってくれないかな」

冬司の入学祝いの席で言ったことを覚えていたようだ。

「初心者には無理よ。奥穂高岳なら登れるかもしれないけど。そこまでなら、真令子も登ったから」

気がついたらそう答えていた。

「じゃあ、奥穂高岳でいい。真令子が見た景色を僕も見たいんだ」

そう言われると断れなかった。体力をつける必要があると言うと、伊織はジムに通いはじめ、登山に必要な筋肉を鍛《きた》えた。

真令子と出かけたのと同じ十月のはじめ、わたしは伊織と上高地に行った。バスターミナルを出発したのは午前五時。真令子のときには徳沢から涸沢をまわるルートだったが、伊織は岳沢《だけさわ》から重太郎新道《じゅうたろうしんどう》を通るハードなコースで登りたいと言った。男だからチャレンジ精神が湧いたのか。何も知らないわたしは、特に反対もしなかった。

岳沢ヒュッテまでは三時間足らずで登った。悪いペースではない。天気もよく、樹々《きぎ》は黄葉《こうよう》し、早朝の空気が清々《すがすが》しかった。

重太郎新道は急なガレ場や鎖場《くさりば》があり、名物の長梯子《ながばしご》もあるので、わたしは先に立って登った。

「ここは危ないから、気を抜かないでね」

何度も振り返りながら、ひとりのときの一・五倍くらいの時間をかけて登った。途中、真っ青な空を背景に、奥穂高岳から西穂高岳に続く尾根が見え、その雄大さに思わず笑みがこぼれた。

「あそこに登るのよ。覚悟はいい？」

「大丈夫さ。真令子でも登れたんだろ」

「……そうよ」

また真令子だ。わたしは素《そ》っ気《け》なく答えて、先へ進んだ。

森林限界を越えると、岩が剝《む》き出しの荒涼たる風景に変わる。水晶の結晶のように突き出た岩や、日本刀でなます斬《ぎ》りにしたような岩が続く。その隙間にわずかな足場を見つけ、歩みを進める。

紀美子平《きみこだいら》に着いたのは午前十一時過ぎだった。荷物を置いて、前穂高岳に登る。伊織は意外に体力があり、バテたようすもなかった。山頂に着くと、三百六十度の視界が広がった。穂高連峰から槍ヶ岳、反対側には南アルプスの向こうに富士山《ふじさん》が見える。

「真令子もここに来たんだね」

わたしはその感慨を露骨に無視して言った。

「少し急いだほうがいいわ。行きましょう」

紀美子平にもどり、そこでおにぎりの昼食を摂《と》った。

「山はいいね。僕も山登りを趣味にしようかな」

はっとした。真令子も同じことを言っていたからだ。しかしそれには触れず、戒《いまし》めるように言った。

「自然をなめたら痛い目に遭うわよ。今は晴れているけれど、山の天気は変わりやすいんだから」

何気なく言った言葉が予言になる。それは無意識ではなく、何かに言わされるからだ。

昼食を終えて、いよいよ吊尾根に差しかかった。岩場を登り、白ペンキの印を確認しながら進む。人がすれちがえるくらいの道幅があるからいいが、横はけっこうな絶壁だ。

最低コルと呼ばれる分岐を過ぎたあたりから、紺碧《こんぺき》の空に蚕《かいこ》が生糸《きいと》を吐いたような雲が流れはじめた。雲は見る見る量を増し、ものの十五分ほどで青空を消してしまった。気温が下がる。太ももが冷たくなる。

「気をつけてね。バランスを崩すと危ないわよ」

後ろに声をかけながら、ゆっくりめに進む。追い越していく人は先に行かせる。ほぼ水平に進むトラバース道が続くが、片側は絶壁で緊張する。急峻《きゅうしゅん》な登りでは、突き出た岩に手をかけ、靴巾《くつはば》より狭い足場を確かめつつ、三点支持で身体を持ち上げる。うっかり浮き石に手をかけると、カタカタと不吉な音を立てる。

「岩の隙間に手をかけて。下は見ないで」

「わかった」

伊織の息づかいが背中に迫る。吊尾根の難関である鎖場に差しかかると、急にガスが出てきた。うねるような天然の石垣が目の前にそびえている。

「ここは危ないから、ゆっくり行きましょう」

「了解」

命の危険が邪念を払うのか、わたしは真令子のことに煩《わずら》わされず、絶壁を登り切ることに集中した。伊織も同じだったろう。山独特の一体感だ。一歩ずつ足場を確認しながら、確実に進む。ガスが流れて視界が開けると、横手にすり鉢状の谷がぱっくり口を開けていて、吸い込まれそうになる。それも一瞬で、またすぐ白い薄闇に包まれる。聞こえるのはわたしと伊織の息づかいと、鎖が岩をこする音だけだ。

人ひとりがやっと通れるくらいの岩の間を抜けると、ようやく鎖場が終わった。高度差はあるが、道幅が広くなり、ほっと息をつく。ガスが流れて、青空が顔を出す。左右に切り立った奥穂高岳が灰色のシルエットで立ちはだかる。

「あと少しよ。晴れたらジャンダルムが見えるわ」

自分の言葉に、わたしは胸を衝かれた。ジャンダルム。伊織も真令子のことを思い出したにちがいない。気配でわかる。

岩場を上がり下がりしながら、南稜《なんりょう》の頭に向かう。晴れかけた空がまた分厚い雲に覆われ、濃いガスが流れ込んだ。足元さえ見えない白一色の世界になり、わたしは立ち止まった。

「ねえ」

「何？」

伊織の声。濃いガスで姿は見えない。ほんの一メートルほどしか離れていないのに。わたしは黙って数歩進む。

聞いてはいけない。むかしのことなど、忘れたほうがいい。そう思いながら、自分を止めることができない。立ち止まって後ろに言う。

「わたしたち、いろいろあったわね」

「そうだな」

声は同じ間隔でついてきている。

「あのときのこと」

それでわかるはずだった。あのときわたしを愛してると言い、抱きしめた腕と身体の意味は何だったのか。愛はあったのか。あのときの伊織を癒やせるのはわたしだけ。そう思って身を任せ、受け入れた。伊織もわたしを求めたはず。そう信じてきた。

望む答えを求めるとき、人は得てして否《いな》の答えを期待する問いをする。否定されることで、肯定の確信を得たいから。

わたしは濃い霧の向こうに訊ねた。

「あのとき、わたしを抱いたのは、真令子に同じ苦しみを味わわせるため？」

ちがうよ、ぜんぜんちがう、何を馬鹿なことを、と言ってほしかった。

だが、白い闇から聞こえた答えはちがった。

「……そうかもしれない」

わたしは前を向いて進んだ。知らず足が速まった。わたしは利用されたのか。真令子への復讐の道具にされたのか。愛されもせずに。

後ろから慌てた靴音がついてきた。振り返る。足元で岩が弾《はじ》ける音がした。

「うっ、あぁーっ」

驚愕《きょうがく》の叫び声。白い闇から現れかけた影が、ふいに消えた。伊織の悲鳴。滑落の音。

何があったのか。伊織は足を滑らせたのか。それともバランスを崩したのか。それとも自分から落ちたのか。

わからない。わたしはただ、自分が自分でないような奇妙な感覚に襲われていた。そして両手には、何かを突き飛ばした重い感触だけが残った。

急いで穂高岳山荘に急を報せたが、霧のためすぐには捜索は行われなかった。長野県警が、伊織の遺体を発見したのは、翌日の午前十時過ぎだった。約六百メートルの滑落だったそうだ。

伊織の死は、事故でも自殺でもない。殺されたのだ……。真令子によって。

すべては仕組まれたことだった。伊織に奥穂高岳行きを吹き込み、吊尾根の危険な場所で、わたしに過去のことを聞かずにおれない気持を抱かせ、目撃者の出ようがない濃いガスの中でわたしを逆上させた。

臨終の前、真令子が「あとはよろしく、お願いね」と言った意味がわかった。

＊

今、こうして振り返り、冥界からの殺人は可能なのだと思う。

真令子は恐ろしい女だ。今もわたしを支配している。寝たきりになって、お尻《しり》に深い床ずれができ、尿道に管を突っ込まれて、おしめに便が出てもわからない状態になっても、死なせないで、施設に閉じ込めている。

生きている者が勝ちだと思ったわたしは、浅はかだった。人生には思いがけないことが起こる。身体は弱っているけれど、頭ははっきりしている。

だから、苦しい。
耳も聞こえず、味覚も麻痺《まひ》して、食事は壁土《かべつち》を食べているようだ。
なのに、死ねない。
もう、いい加減に許して。真令子。
わたしも早く、そっちに逝きたい……。

ミンナ死ヌノダ

「それではみなさま、信濃《しなの》中央医師会、是枝一太《これえだいちた》先生の会長就任を祝しまして、乾杯！」

市議会議長が威勢よく乾杯の音頭《おんど》を取り、一同が唱和した。そここでグラスを合わせる音が響く。豪華なシャンデリアの会場に、医師会の会員、市のお歴々、医療関係者など総勢三百人ほどが参集している。私は後方の壁際に立って、控えめにグラスを掲げた。

医師会の活動に熱心でない私は、知った顔も少ないし、こういう華々しい席も苦手だ。新会長の是枝とも、ほとんど付き合いはない。私が医師会に加入したのは、もっぱら地域医療に貢献したかったからである。学校健診や予防接種、救急の休日当番などは、医師会に入っていなければさせてもらえない。下諏訪《しもすわ》の湖畔に小さなクリニックを開業して十五年。細々とだが、今日までなんとか診療を続けてきた。

東京の医科大学を卒業したあと、私は都立病院で十年間、消化器内科医として勤務した。その後、思うところあって故郷に帰り、開業医として働くことにした。そのまま日々の診療に追われ、結婚もせずに五十の坂を越えてしまった。学生時代から独り暮らしには慣れているので、生活に不自由はないし、別段、淋《さみ》しいとも思わない。

会場の前方では、是枝を中心に賑やかな談笑が続いている。遠くからそれを眺め、私はビールを片手にオードブルや寿司《すし》をつまんだ。胸の奥に違和感があり、少し前から空咳《からぜき》が止まらない。

「土岐《とき》先生じゃありませんか。これは珍しい」

声をかけてきたのは、副会長の整形外科医だった。同じ下諏訪で開業しているので、互いに顔は見知っている。私は医師会の会合にはほとんど参加しないので、意外に思ったようだ。

「こんなところにいないで、前に行きましょう。是枝会長も会いたがっていますよ」

背中を押されるようにして、前方に進まされる。別に話すこともないが、祝辞くらいは述べるべきだろう。

「是枝先生。この度はおめでとうございます」

「覚馬《かくま》先生。ありがとうございます。ようこそお出でくださいました」

是枝は私をファーストネームで呼び、大袈裟《おおげさ》に歓迎して見せた。取り巻きの理事が彼に聞く。

「覚馬先生というのは、土岐記念病院の？」

「そう。有名な土岐一族の直系ですよ」

私の身内は医師が多く、父、祖父、伯父、従兄などもそうなので、区別するためにファーストネームで呼ばれることが少なくない。土岐記念病院は、祖父の騏一郎《きいちろう》が大正十五年に諏訪郡原村に開いた土岐病院が前身となっている。

「名門ですな。一太先生のところとご同様というわけですか」

別の理事が、おもねるように是枝に言う。彼も父と祖父が医師で、祖父の是枝甚一《じんいち》は信濃中央医師会の中興《ちゅうこう》の祖《そ》と言われる辣腕《らつわん》医師会長だった。

是枝は取り巻きを無視して私に笑顔を向けた。

「覚馬先生に来ていただけるとは嬉《うれ》しいですな。先生が医師会に加入してくださって、私は心から喜んでいるのです」

意図《いと》が読めず、私は戸惑いながら頭を下げた。副会長の整形外科医が、横から是枝に言葉をかける。

「そう言えば、土岐先生のご一族は、ほとんど医師会に入っておられなかったそうですね」

「そうなんだ。祖父もずいぶん熱心に勧誘したらしいんだが」

「甚一先生が。ということは、相手はあの土岐病院の初代院長？」

駬一郎のことである。取り巻きが意味ありげに顔を見合わせる。駬一郎がいわくつきの医師だったからだ。

是枝は軽く咳払いをして話を変えた。

「ところで、覚馬先生はどうしてご実家の病院に勤務されなかったのですか」

「病院勤務がいやでこちらにもどってきたのですからね。それに名前は残っていますが、もう実家の病院だとは思っていませんよ。私が帰郷したときには、人手に渡ったも同然でしたから」

駬一郎の死後、土岐病院は駬一郎の長男で、私の伯父に当たる伊織《いおり》が継ぎ、しばらくして土岐記念病院と改称したが、伯父は五十二歳のとき奥穂高で滑落死した。続いて院長になったのは、駬一郎の次男で私の父である長門《ながと》だったが、彼も一年もたたずに風呂で溺死した。当時、私は十九歳で、医科大学に入学したばかりだったし、伊織の息子で私の従兄に当たる冬司《とうじ》は、医師にはなっていたが、まだ卒後三年で、院長になるには経験不足だった。

仕方なく外部から院長を招き入れたが、そのおかげで信州大学の医局とつながりができ、医師の数も徐々に増えた。冬司が院長としてもどってからは、特にがん医療に力を入れるようになり、全国でも有数のがん医療センターに発展した。しかし、その冬司も十二年前、四十九歳の若さで胃がんで亡くなり、今は院長はじめ、病院の幹部に土岐の一族はだれもいなくなっていた。

「でも、何年か前に土岐家の医師が一人、東京からもどってこられたでしょう」

「佑介《ゆうすけ》ですね。冬司の息子です」

私から見れば従兄ちがい（従兄の息子）だ。

「ということは、騏一郎先生の曾孫ですね。ゆくゆくは院長になられるのでしょうな」

どうだろう。なるとしても、まだまだ先のことだ。副会長が口をはさむ。

「佑介先生のことも聞いていますよ。優秀な神経内科医らしいですね」

「しかし、初代院長の血を引いているのなら、過激な診療もあるのじゃないかな」

取り巻きの一人が冗談めかして言い、何人かが笑った。是枝が薄笑いを浮かべて、私を見る。

「噂で聞いただけですが、騏一郎先生にはいろんな逸話があったようですな。患者の指導にも厳しかったとか。たとえば、言うことを聞かない患者を張り倒して、鼓膜を破ったとか」

「そんなことがあったんですか。ひどいな」

取り巻きの理事が驚いたように声を上げる。是枝がもったいぶって続ける。

「暴れる患者に強い鎮静剤を使いすぎて、廃人同様にしたという逸話も聞いていますが」

「それはまずい。今なら訴訟ものですよ」

「ほかにも、規則を守らない患者を雪の中に放り出して、凍死させてしまったこともあったとか」

全員が押し黙って私を見た。どうやら、是枝はみんなの前で私に恥をかかせたかったようだ。しかし、何の恨みがあってのことか。

目的を達したらしい是枝は、余裕の笑みで取り繕った。

「いや、失礼しました。単なる噂ですから、きっと尾ひれがついているのでしょう。万一、事実だとしても、覚馬先生が立派な開業医であることは、だれもが認めるところですよ。なあ、そうだろう」

「もちろんです」

全員が即答する。私は一礼してその場を離れた。

駅一郎に関する噂は、もちろん私も聞いている。短気で癇癪《かんしゃく》持ちだったとか、患者だけでなく職員にも厳しく、言いつけを守らない者には暴言を吐いたという話などである。

その血を引く佑介の診療を揶揄した理事は、私の診療にも過激なところがあると仄《ほの》めかしたかったのか。曾孫の佑介より、孫の私のほうが血は濃いのだから。しかし、なぜそんなことを言うのだろう。この十五年間、私はとりあえずは大過なく、穏やかに診療を続けてきた。診ている患者も多いし、親子三代で通ってくる家も少なくない。

元の壁際にもどり、腑《ふ》に落ちない気分でいると、「あの、もし」と後ろから声がかかった。白髪の小柄な老婦人が、両手で杖《つえ》を握って立っていた。顔の皺《しわ》や姿勢からすると、もう九十歳を超えているように見える。

「覚馬先生でいらっしゃいますね。わたくし、茅野市の健康管理センターで、長らく保健婦をしておりました高倉世津《たかくらせつ》と申します。先ほど是枝先生が、駅一郎先生のことをお話しされているのを耳にいたしましたもので。ホホホホ」

頬がけいれんするような不気味な笑いをもらす。

「わたくし、保健婦になります前は、土岐病院で婦長をしておりましたの。騏一郎先生にはずいぶんお世話になりましたので、ひとこと申し上げさせていただこうと思って」

「どういうことでしょう」

「是枝先生は、あんなふうにおっしゃっていますが、騏一郎先生は決して悪いお方じゃございません。わたくしは今も尊敬しております」

しゃがれた声で決然と言う。テレビなどで高齢者が戦争体験を語るような実感がこもっていた。

「ただ、診療に熱心すぎたので、誤解を受けやすかったのでございます。むしろ問題は、あの是枝の……」

そこまで言って、老元婦長は激しくむせた。

「大丈夫ですか」

背中をさすると、古びたスーツにやせ細った背骨がはっきりと触れた。老元婦長は息を整えてから続ける。

「失礼いたしました。とにかく、騏一郎先生が、立派なドクターであったことは、まちがいありません。多くの患者が、感謝していましたから。土岐病院は、何と言いますか、病気を治すところではなく、あきらめをつけに、行くところだったのです」

意味がつかめずに問い返す。

「それでは患者さんが、絶望するんじゃないですか」

「ちがいますよ。ぜんぜん、ちがいます」

老元婦長はもどかしげに首を振り、ふたたび激しく咳き込んだ。それ以上、話を聞くのはむずかしいようだった。灰色に濁った眼《め》で私を見上げ、荒い息を繰り返す。皺だらけの顔には、奇妙な信念が浮かんでいた。祖父、騏一郎はどんな医師だったのか。

私は濃い霧の向こうから、顔も見たことのない祖父に呼ばれたような気がした。

＊

祖父土岐騏一郎は、明治三十三年（一九〇〇年）、諏訪郡原村に農家の長男として生まれた。墓碑銘によると、下に弟と妹二人がいたようだが、いずれも成人するまでに亡くなっている。騏一郎は幼少時から秀才の誉《ほま》れが高く、大正十二年に京都帝国大学医学部を卒業して、医師免許を取得。大学の附属病院で内科医および外科医として勤務したあと、大正十五年に故郷に帰って土岐病院を開設した。

駬一郎は地区の医師会には所属せず、一匹狼《いっぴきおおかみ》のような状態で診療を行ったようだ。亡くなったのは昭和三十年。私の生まれる六年前で、享年は五十五。死因は肝硬変だったらしい。

今、私にわかっているのはこれだけだ。駬一郎のことを調べるには、生き証人である老元婦長に聞くのがてっとり早いだろう。パーティで連絡先は聞かなかったが、茅野市の健康管理センターに問い合わせればわかるだろう。市の健康推進係長とは旧知の仲なので、電話で聞くと、案の定、老元婦長を知っていた。

「高倉世津さんですね。知ってますよ。ちょっと気味の悪い婆《ばあ》さんでしょう」

係長は電話の向こうで苦笑した。

彼女は係長が市役所に入庁した昭和五十六年に定年退職して、それから四年ほど非常勤勤務で働いたらしい。定年は六十歳だから、逆算すると大正十年生まれということになる。今年で満九十二歳。健康管理センターを退いたあとは、市内で独り暮らしを続けていたが、平成二十三年に茅野市の特別養護老人ホーム「和《なご》みの里」に入所したとのことだった。

そこまで調べたあと、すぐ面会を申し込もうと思ったが、私は少々やっかいな患者に時間を取られ、一ヵ月ほどそのままになってしまった。ようやく落ち着いたところで、「和みの里」に連絡すると、高倉世津は亡くなっていた。是枝のパーティに出席した二週間ほどあとに脳出血を起こしたらしい。

話が聞けないとなると、よけいに騏一郎のことを調べたくなった。祖父にまつわる悪い噂はほんとうなのか。

土岐記念病院に勤めている佑介に電話で聞いてみると、詳しいことは知らないようだったが、是枝が話していたのとほぼ同じ内容の逸話を語った。患者の鼓膜を破ったとか、患者を廃人同様にしたとか、戸外で凍死させたとかだ。

「その話はだれに聞いた。まさか、医師会長の是枝先生？」

「いいえ。父からです」

つまり、冬司からだ。別ルートから同じ話が出たということは、逸話が事実である可能性が高いということではないか。私は少々落胆しながら、騏一郎について何か知る手がかりがあれば報せてほしいと頼んだ。

数日後、佑介からいいものを見つけたという連絡が入った。『土岐記念病院五十年史』という冊子で、そこに騏一郎の写真が載っているというのだ。土曜日の夜、私は上諏訪のビストロで佑介と会うことにした。

私たちの一族は、互いに疎遠な関係が多く、佑介とも近くにいながらこの四年で二度ほどしか会っていない。彼には信介《しんすけ》という兄がいて、大阪の吹田の市民病院で呼吸器外科医をしているが、佑介も二年以上、顔を見ていないと話していた。

「ご無沙汰《ぶさた》しています。叔父さん、お変わりないようですね」

佑介はいつも私を「叔父さん」と呼ぶ。ビールで乾杯したあと、さっそく冊子を見せてもらった。

『土岐記念病院五十年史』は、A5判、和紙のカバー付き並製本で八十二ページ。発行は昭和五十一年九月吉日となっている。口絵の一ページ目に、創設時と発行時の病院の写真があり、二ページ目に「初代院長」として、騏一郎の白黒写真が出ていた。細身の身体を反《そ》らし、怖い顔でカメラを見つめている。立派な口髭《くちひげ》をはやし、額は広く、目はカメラをにらむような深い眼窩《がんか》だ。年齢は四十代半ばだろうか。いかにもワンマンで神経質そうな風貌《ふうぼう》だ。

「叔父さんはどうして騏一郎のおじいさんに興味があるんですか」

佑介が訊ねた。

「医師会の集まりで、ちょっとした噂を聞いてね。君も言ってたが、患者の鼓膜を破ったり、強い鎮静剤を打ちすぎたり、患者を凍死させたりとかいう話。君は冬司さんから聞いたんだね」

「ええ。父は騏一郎のおじいさんに、あまりいい印象を持っていなかったようでしたので」

冬司は私より九歳年上だから、騏一郎が死んだときには三歳のはずだ。いやな印象を持つには早いだろうし、ましてや騏一郎の逸話を覚えているはずもない。とすれば、あとでだれかが入れ知恵したのか。

口絵の三ページ目には、佑介の祖父で当時の院長だった伊織と、私の父で副院長だった長門の写真が出ている。どちらもカラー写真で、写真館で撮ったような取り澄ましたポーズだ。伊織と長門の兄弟は、どちらも騏一郎には似ておらず、ともに穏やかそうな人柄が感じられる。

「冬司さんは、伊織伯父さんから、騏一郎のおじいさんの話を聞いたんだろうか。それとも、真令子伯母さんから？」

真令子は冬司の母親である。

「どうでしょう。僕はその辺のことには興味ないので」

ふっと目を逸らしたが、その端正な横顔には、得体の知れない虚無が浮かんでいるように見えた。

『五十年史』のページを繰《く》ると、病院の沿革に続いて関係者らの寄稿があり、中に高倉世津の文章もあった。

「この高倉世津さんという人、知ってるかい」

「いいえ」

「土岐病院の婦長だった人だけど、五十周年のときにはもうやめていたみたいだな。前の医師会のパーティのときに来ていて、騏一郎のおじいさんのことを立派なドクターだったと言ってたんだ。悪く言う人もいれば、よく言う人もいる。どちらがほんとうなのかと思ってね」

「この冊子は差し上げますよ。医局のすみで埃《ほこり》をかぶってるだけで、だれも読みませんから」

言ってから、佑介は思い出したように付け加えた。

「そう言えば、騏一郎のおじいさんの逸話は、父が小学生のときに、家庭教師から聞いたようなことを言ってました。その家庭教師も医者になったようですが」

なぜ、冬司の家庭教師がそんなことを言ったのだろう。その家庭教師とは何という人物か、佑介に聞いたが知らないとのことだった。

家に帰ってから、私は『土岐記念病院五十年史』を丁寧に読んでみた。

まずは高倉世津の文章。タイトルは「尽きせぬ恩義」で、内容は彼女が病院から受けた支援に対する感謝を述べたものだった。

彼女は諏訪郡米沢村《よねざわ》（現茅野市）の出身で、十六歳で看護婦見習いとして土岐病院に就職し、病院から給付型の奨学金をもらって、正看護婦の資格を取得したようだ。その後、主任に抜擢《ばってき》され、二十八歳の若さで内科病棟の婦長に昇進。騏一郎が亡くなったのはその六年後で、奨学金の給付も昇進も、すべて騏一郎の采配《さいはい》によるとして、彼女は深い感謝を表していた。

これを読むと、騏一郎に対する評価は、受けた恩義のせいでかなり好意的なものになっているようだ。「広い心」「深い洞察力」「医学に対する謙虚な態度」などという言葉もあるが、具体的なことは書かれず、単に彼女が個人的に心酔していただけではないかと疑いたくなる。

彼女は騏一郎の没後も第二代院長の伊織に仕え、昭和四十三年に保健婦として健康管理センターに移るまでの十三年間、土岐記念病院の勤務を続けた。

続いて、巻頭に掲げられた伊織の「ご挨拶《あいさつ》」と題した文章を読んだ。病院の歴史を振り返り、これまで病院運営に関わった人々に謝意を述べたあと、創始者である騏一郎の功績を讃《たた》えているが、その筆致は控えめで、自慢たらしい記述はない。むしろ、抑制が効きすぎているくらいで、それは逆に、騏一郎の素行に何か書きにくいことでもあったのではと勘ぐりたくなるほどだ。

私の父、長門の文章は「脳卒中五十年史」という題で、彼が専門にしていた脳血管障害の研究をまとめている。土岐病院の創設時からの患者約四百人について、血圧、喫煙歴、塩分摂取量など、細かいデータをレトロスペクティブ（後ろ向き）に調査したものだ。その彼が五十歳のとき、入浴中に脳梗塞で意識を失い、浴槽で溺死したのは皮肉としか言いようがない。

父の文章には、騏一郎のことがまったく触れられておらず、私は父から祖父の話を何も聞いていないことに、今更のように思い当たった。父は昭和五年生まれで、昭和三十年に松本医科大学を卒業した。その同じ年に騏一郎が亡くなったので、二人はいっしょに働いたことはなく、それまでの六年間も下宿生活を送っていたため、父は医師としての騏一郎をほとんど知らなかったのかもしれない。

伊織は妻の真令子が肺膿瘍になったとき、土岐病院に入院させて騏一郎の指導を仰いでいるから、医師として父親を信頼していたはずだ。真令子も騏一郎を信じて治療を受けたのだろうから、両親とも冬司に騏一郎の悪口を吹き込むことは考えにくい。佑介は、冬司が家庭教師から騏一郎の逸話を聞かされたと言ったが、ひとつ気になるのは、その逸話と先日のパーティで是枝が私に語った噂話がぴたりと重なることだ。まるで話の出所が同じであるかのように。

ほかに騏一郎のことに触れている文章はないかとさがしたが、通り一遍の言及はあるものの、具体的なエピソードや思い出を書いたものはなかった。むしろ、意識的に避けているような印象さえあった。

騏一郎にはそんなに職員や患者たちに人望がなかったのだろうか。

そんなふうに思っていると、佑介からメールが来て、『五十年史』を編纂《へんさん》した元事務長が、今も健在であることを報せてくれた。奥付に編集責任者として名前の出ている大貫昭夫《おおぬきあきお》である。諏訪郡富士見《ふじみ》町で娘さんと二人暮らしというので、今回は時期を逸《いっ》しないようすぐに連絡を取った。

大貫は現在八十二歳。私が長門の息子だと名乗ると、「副院長先生の息子さんですか」と、懐《なつ》かしがってくれた。父は最後の一年は院長だったが、伊織が院長だった二十四年間は副院長だったので、高齢の大貫がそう言うのも無理はない。即座に会うことを承諾してくれ、次の土曜日に大貫の自宅を訪ねることになった。

富士見町は原村のとなりで、下諏訪からは車で四十分ほどの距離にある。約束の五分前くらいに着くと、大貫はすでに門の外に出て待っていてくれた。

「覚馬先生ですかぁ。ようこそお出でなさったぁ」

電話もそうだったが、大貫は耳が遠いらしく、三軒となりまで聞こえそうな大声で私を迎えた。玄関に入ると、娘さんが応接間に案内してくれた。

『五十年史』を取り出して、私は大貫の耳元に口を寄せて言った。

「この本は、大貫さんが作られたそうですね」

「ああ、懐かしい。もう四十年近く前になるんじゃないですかなぁ。これを作ったときは、院長先生も、副院長先生もお元気で、病院は順風満帆《じゅんぷうまんぱん》でした」

少し気分がほぐれたところで、騏一郎のことを聞いてみた。

「口絵の二ページ目が、初代院長の、騏一郎ですね。私は祖父のことを、ほとんど知らないので、大貫さんから、何かうかがえればと思うのですが」

聞こえやすいように区切って話すと、大貫の表情がかすかに強ばった。

「大先生のことですか。そうですなぁ。とにかく怖い人だったというだけで」

すんなり話が出ないようだったので、私は大貫自身のことを訊ねた。彼は昭和六年の生まれで、地元の高校を卒業後、土岐病院に雇われ、騏一郎が亡くなるまで六年間、その下で働いたとのことだった。

「大貫さんも怒られたことがあったんですか」

「そうです。院長室の花瓶《かびん》の水を替えるのを忘れたら、カミナリを落とされて、身がすくみましたよ」

「それは、お父さんが悪いんでしょ」

横から娘さんがたしなめる。

「殴られたりもしたんですか」

「それはなかったけど、とにかく怖かったねぇ。職員が気に入らんことをしたら、胸《むな》倉《ぐら》をつかんで壁に押しつけたりしとったようです。私ら若いもんは、いつ拳が飛んでくるかとビクビクしとりました」

「患者さんにも厳しかったと聞いていますが」

「とにかく、気の短いお人でしたから。診察室でもよく、患者を怒鳴《どな》っておられました」

「診療に熱心すぎたんでしょうか」

高倉世津の言葉を踏まえて聞いてみたが、大貫は肯定しなかった。

「熱心というより、自分の思い通りにならんと怒るんですよ。病気が治らないのも、患者が悪いみたいに怒るんですから、患者はたまったもんじゃありません」

「ひどいですね。それでは患者さんが気の毒です」

同調すると、大貫はさらに騏一郎への批判をエスカレートさせた。

「私が勤めだしたころ、大先生はちょっと、頭の調子がおかしくなりかけとったんじゃないですかなぁ。魂が抜けたように、ぼんやりしておられることもあったです。治療も投げやりで、検査もせずにほったらかしにしとる患者もおりました」

「お父さん、言いすぎよ」

娘さんが父親の袖《そで》を引っ張る。大貫はそれを振り払って続けた。

「なんも、ほんとのことだからぁ。患者がすがりついても、頑《がん》として治療せんかったこともあるし、大先生に診てもらって、病院に来なくなった患者もいたんだからぁ」

やはり問題があったのか。ふと高倉世津の言葉がよみがえる。

――土岐病院は、……あきらめをつけに、行くところ。

「大貫さんは、高倉世津さんのことは、覚えていらっしゃいますか」

「婦長ですか。覚えとりますよ」

「先日、高倉さんにお会いしたんですが、彼女は祖父のことをほめていたようです」

「そりゃそうでしょう。婦長は、大先生のコレだっちゅう噂でしたから」

節くれだった小指を立てる。

「また、そんないい加減なことを」

娘さんがふたたび父親をたしなめる。大貫は今度は反論せず、干からびた唇から小さく舌を出した。

私は騏一郎の逸話のことを訊ねようとした。最初は遠まわしに聞く。

「祖父がけっこう乱暴だったことは、ほかでも聞いたんですが、患者とトラブルになることは、ありませんでしたか」

「トラブルっちゅうと？」

「怪我をさせて問題になるとか」

「いやあ、いくら何でも、そこまでは……」

否定しかけて、「ま、私の知るかぎりではですが」と留保をつけた。

大貫が騏一郎と接したのは晩年の六年だから、それ以前の話は知らないかもしれない。それでも、鼓膜を破るような大怪我をさせたり、薬で患者を廃人にしたりしたら、噂くらいは残るだろう。ましてや患者を凍死させたりすればなおさらだ。

「大貫さんが勤められる前に、こんなことがあったとか、むかしはたいへんだったとか、いうような話は、聞いていませんか」

訊ね方が意味ありげに聞こえたのか、大貫は怪訝《けげん》そうに首を傾げた。

「たとえば、どんなですか」

「患者さんの鼓膜を破ったとか」

「いいえ」

「薬を使いすぎて患者さんが廃人になったとか」

「聞いとりません」

「雪の中で患者さんを凍死させたとかは」

そこまで聞くと、大貫は警戒心を露《あら》わにして沈黙した。私が騏一郎の罪業《ざいごう》を調べに来たと思ったのかもしれない。

「そんな噂を聞いたものですから、どうだったのかなと思って」

「大先生は怖い人でしたが、無茶をする人じゃありません。そりゃ短気だったし、変わったところもあったけれど、立派な先生でしたよ」

さっきと風向きがちがうなと思ったが、私があらぬ疑いを抱いたことで、長年勤めた病院の名誉を汚されたように思ったのかもしれない。

話を聞かせてもらった礼を言って立ち上がると、大貫も見送りに立ってくれた。玄関で靴を履《は》いていると、娘さんが大貫に聞こえないようにささやいた。

「父は認知症がはじまりかけてるんです。ですから、あまり当てになりませんので」

「わかりました」

そのまま大貫家をあとにしたが、どの部分が当てにならないのか、私には判然としなかった。

＊

翌週の月曜日、午前の診察のラストに上原《うえはら》夫妻が来た。

モニターのリストにその名前を見たとき、私はやっかいな患者が来たという思いと、医師としてできるだけのことをしなければという使命感の両方を抱いた。

患者は夫の健治《けんじ》で、病気は大腸がん。すでに肝臓に転移していて、手の施しようがなかった。妻のさゆりは付き添いで、初診時からいつも夫といっしょに来ていた。

彼らが最初にクリニックを受診したのは、是枝の医師会長就任パーティの少しあとだった。高倉世津の連絡先を知った直後で、私が彼女に連絡する余裕がなかったのは、この二人に振りまわされたせいだ。

「主人は何度もお腹《なか》が変だと言っていたのに、前の先生は検査してくれなかったんです。これって医療ミスでしょう」

診断がついたとき、さゆりはそれまで健治を診ていた開業医をぜったいに許せないと、私に突っかかった。健治は四十七歳の自営業で、半年ほど前から腹部に違和感を訴え、近くの開業医にかかっていた。しかし、痛みの場所が左右に移動するので、開業医は腹痛止めを出すだけでようすを見ていたらしい。

知人に勧められて私のクリニックを受診し、大腸カメラをすると、下行結腸《かこうけっちょう》に直径二センチほどのがんがあった。同時に行った超音波検査で、肝臓に複数の転移が見つかった。

結果を説明すると、さゆりは取り乱して声を荒らげた。

「嘘でしょう。ずっと近くの先生に診てもらってたんですよ。それなのに、がんだなんてあり得ない。何かのまちがいですよ。誤診だったら許しませんから」

気持はわからないではないが、さゆりは四十五歳にしては感情のコントロールが未熟なように思われた。美人だが、顔つきも幼い。当の健治は比較的落ち着いていて、顔面は蒼白《そうはく》だったが冷静に聞いてきた。

「手術はできるんでしょうか」

「肝臓に転移がありますから、むずかしいですね」

「肝臓の転移もいっしょに取れないんですか」

黙って首を振ると、さゆりが悲鳴に近い声で叫んだ。

「手遅れってことなんですか。そんなのいやよ、ぜったいにいやぁ」

両手で顔を覆って泣きだし、健治が肩をさすって宥《なだ》めた。困ったなと思ったが、落ち着くのを待つしかない。健治は優しく慰めていたが、それでも泣き止《や》まないと、突然、叱りつけた。

「いい加減にしろ。泣いたってどうにもならないだろう。これからどうすればいいのか、それを考えるのが先決だろう」

「そんなこと言ったって、もう手遅れなんでしょう。どうにもできないわよ。もうだめなのよ」

さゆりが負けずに反論すると、健治は妻以上に興奮して怒鳴りつけた。

「馬鹿野郎！　おまえが決めつけてどうする。あきらめるんじゃない。助かる方法はきっとある。そうでしょう、先生」

そうです、とは答えられなかった。延命治療は可能だろうが、治すことは不可能だ。自分でも狡《ずる》いと思いながら、がん患者にいつもする説明をした。

「手術が無理でも、今はよく効く抗がん剤もありますから」

〝効く〟というのは、延命効果があるということで、治るという意味ではない。しかし、これで患者は希望を持ち、わずかなりとも冷静さを取りもどす。

「専門医に紹介状を書きますから、できるだけ早く治療を受けてください」

「わかりました」

近くの総合病院宛《あ》てに紹介状を書いて、健治に渡した。

ところが翌日、二人は診察時間前にクリニックの入口で待っていた。紹介状を大学病院宛てに書き直してほしいという。

「ネットで調べたら、この総合病院はがんの治療成績を公表してなかったんです。データを出さないのは、十分な成績を挙げていないからでしょう」

「お願いします。主人には、少しでもいい病院で治療を受けてほしいんです」

夫婦には子どもがいなかったから、いっそう絆《きずな》が強かったのかもしれない。私は紹介状の宛名を書き直して、二人に渡した。

健治は大学病院に入院し、腫瘍《しゆよう》内科で抗がん剤の治療を受けた。さゆりは本気で先の開業医を訴えることを考え、私にいろいろアドバイスを求めてきた。弁護士にも相談したが、相手にされなかったようだ。当然だろう。彼女の頭の中では開業医の落ち度は明らかだったかもしれないが、客観的に立証することはむずかしい。はっきりそう言ってやったほうがよかったのかもしれないが、深い悲しみと怒りに打ちひしがれている彼女には、何も言えなかった。

そのうち、さゆりは健治の付き添いで忙しくなり、訴訟の話も立ち消えになった。それで安心しかけていたら、今日、二人がまた私のクリニックにやってきたのだ。健治もいっしょということは、大学病院を退院したということだろう。

健治は以前とは比べものにならないほどやつれていた。

「大学病院で、もう治療の余地はないと言われて、昨日、退院してきました」

両手を膝《ひざ》に突っ張り、呻くように言った。さゆりは後ろで口元を押さえている。

「医者が治療法はないなんて、おかしいんじゃないですか」

いや、がんは状況によっては治療しないほうがいいこともあると、のどまで出かかったが言えなかった。健治は治療にすべてを賭けている。治療をあきらめろと言うのは、死の宣告も同じだった。私は二人の気持を考えながら、できるだけ穏便に言った。

「がんの治療には、いろいろむずかしい面がありますから」

「でも、治療法がないなんてことはないでしょう。それは医者の職務怠慢じゃありませんか。敵前逃亡も同然です。がんは治療しなければ、死ぬ病気なんだから」

「それはそうですが……」

治療の副作用で命を縮めることも多いと言いたかったが、口にはできなかった。死に直面し、怯え、必死に抵抗している患者に、どうして最後の希望を奪うようなことが言えるだろう。

健治は苦しい呼吸で言い募った。

「私はまだ死ぬわけにはいかないんです。やり残したことがあるんです。何としても生きなければならない。抗がん剤がだめでも、放射線治療とか免疫療法があるでしょう」

さゆりも悲痛な声で言う。

「大腸がんにはキャベツやブロッコリーが効くそうですね。マイタケやナメコに含まれるβグルカンという物質が、がん細胞の増殖を抑えると、ネットの情報に出てました。だから入院中も、わたしが料理をして、ブロッコリーを毎日三十グラム、マイタケを二十グラム、食べてもらっていました。マイタケは洗わないで食べたほうがいいんですよね。トマトのリコピン、ワカメのフコイダン、緑茶のカテキン、大豆のイソフラボンも摂ってました。免疫力を強めるためです。肝臓に転移のある末期がんの人も、これで治ったとネットに書いてありました」

健治が喘ぎながらさらに言う。

「新聞には、粒子線治療とか、ホウ素中性子捕捉《ほそく》療法とかも、出ていました。がん幹細胞を狙《ねら》い撃《う》ちする、ナノテク抗がん剤という、最新の治療も出ていました。それをすべて試しもせず、治療の余地はないなんて、あんまり無責任じゃありませんか」

いや、それぞれの治療には適用があって、あなたのがんには無効であるのがわかっているから、と思うがやはり口には出せない。

健治が顔を上げ、全人生を賭けたような目で私を見た。

「土岐先生。私はこれまで、いろんなお医者さんにかかりましたが、先生ほど親身になってくれる人は、いませんでした。私は先生を、信頼しているんです。どうか、私のがんを、治してくれる病院をさがしてください。お願いします」

「お願いします」

二人が額を膝に擦《こす》りつけんばかりに頭を下げる。大学病院がこれ以上治療しないほうがいいと判断した患者を、どこが引き受けてくれるだろう。治ることに執着せず、残された時間を有意義に使うほうがどれだけいいかしれない。

そう思うが言えない。どう答えようか迷っていると、さゆりが切羽詰《せっぱつ》まったようすで言葉に力を込めた。

「もし手遅れのがんになったら、先生だってきっと同じ気持になると思います」

それはちがう。医師になりたてのころならまだしも、多くのがん患者を治療し、悲惨な経験を繰り返した今、同じ気持にはなれない。患者と医師を隔《へだ》てる溝は、世間の人が思うよりはるかに深い。

私は気持を押し殺し、欺瞞《ぎまん》と知りつつ答えた。

「わかりました。なんとか病院を見つけるようベストを尽くします」

「ありがとうございます。やっぱり土岐先生にお願いして、よかった」

健治は筋張った首を懸命に持ち上げながら、皺だらけの笑みを浮かべた。さゆりも嗚咽を堪《こら》えて、無言で深々と頭を下げる。

＊

駅一郎はどんな医師だったのか。

それを知るには、彼が書いたカルテを見るのが手っ取り早いのではないか。もしも逸話の元となった患者の記録が見つかれば、状況がわかるかもしれない。佑介に聞くと、古いカルテは病院の地下のカルテ庫にあるとのことだった。

水曜日の休診日、私は久しぶりに土岐記念病院を訪ねた。

カルテ庫を調べる前に、まず院長の若林《わかばやし》医師に挨拶に行った。若林は五年ほど前に信州大学から来てくれた内科医である。三階の院長室に行くと、歴代院長の肖像写真が掲げられていた。騏一郎、伊織、長門の写真は『五十年史』の口絵に出ていたものと同じだ。雇われ院長が二人続いたあと、第六代として冬司の写真がある。

佑介が世話になっていることに礼を述べると、若林は逆に恐縮して言った。

「いえいえ、佑介先生にはこちらこそ助けられていますよ。患者さんの評判もいいし、今や病院の働き頭です」

騏一郎の資料を調べたいと頼むと、すぐカルテ庫への入室を許可してくれた。

事務部で鍵を借り、薄暗い階段で地下へ降りる。カルテ庫は霊安室の奥にあった。

スイッチを入れると、埃まみれの蛍光灯が何度か瞬《またた》いてから点灯した。スチール製の棚が櫛《くし》状に並べられ、カビ臭いにおいが充満している。若林によれば、土岐記念病院は診療終了から十年でカルテを廃棄するらしいが、騏一郎、伊織、長門のカルテは、病院の資料として別棚に保管してあるとのことだった。

その棚はいちばん奥の壁際にあった。三人のカルテが、それぞれ一年分ずつ製本して並べてある。騏一郎の合本《がっぽん》は、大正十五年の一巻から昭和三十年の三十巻まであり、ここから逸話の患者のカルテをさがし出すのは、不可能に近いと思われた。

試しに昭和十八年の巻を取り出すと、茶色に変色した紙に万年筆の細かい文字が書き連ねられていた。

最初は胃潰瘍《いかいよう》の患者らしく、所見に、「Magenschmerzen」（胃痛）、「Durchfall」（下痢）などとドイツ語で書かれている。治療としては、「ロオトエキス」「アドソルビン」「エビオス」が「分三毎食后服用」と処方されている。

外科の患者もいて、「Analfissur」（肛門《こうもん》裂傷、いわゆる切れ痔《ぢ》）の患者は、患部の位置と大きさが図で描かれ、「處置《しょち》」として、「リヴァノールガーゼ挿入　防腐帯」と書いてある。

ほかにも腸チフス、パラチフス　疫痢《えきり》、痘瘡《とうそう》など、現代ではまずお目にかかることのない病名も見られる。カルテの記載は詳細かつ丁寧で、騏一郎の几帳面《きちょうめん》さが表れていた。

中ほどに分厚いカルテがあったので、見ると患者は二十七歳の女性で、職業欄に「看護婦」とあった。主病名は「肺結核」。現病歴にはこう書かれていた。

「患者ハ　主任昇格以來　傳染病《でんせんびょう》室附《づき》ノ看護婦トシテ　鋭意　看護ニ従事セシガ　其《そ》ノ間　結核患者ヲ取扱フコト　一日五十名ニ　及ビシコトアリ　感染豫防《よぼう》ニ　遺漏《いろう》ナク　体調管理モ　怠リナク勤務スルモ　二月十日夕刻ヨリ　悪寒ヲ以テ發熱シ　翌朝病棟ニ於《お》イテ　卒倒ス　全身倦怠《けんたい》　食慾不振　咳嗽《がいそう》發作ヲ　訴ヘルニ依リ　當人《とうにん》ノ希望ニテ　入院ニ至ル」

　彼女は土岐病院の看護師ではなかったようだが、騏一郎を頼って入院したらしい。当時、抗結核薬はまだなく、治療はもっぱら安静と日光浴だった。騏一郎は病室のベッドの位置に気を配り、栄養補給のため、卵や牛乳、乾酪《かんらく》（チーズ）などを特別に提供している。

　しかし、経過は思わしくなかったようで、「顔貌憔悴《がんぼうしょうすい》ス」「喀血二百瓦《グラム》　胸骨裏面ニチクチク感ヲ訴フ」「嚥下《えんげ》痛アリ　流動食ノ通過ヲ　許スノミ」など、症状の悪化が記されている。

　治療内容を記録する「治方」には、「有益ナル　治療ナキコト悔シ」「安静ニテ軽快スル患者ト　シナイ患者　何ガ違フノカ」などの心情や疑問も書かれている。

　患者の容態は徐々に悪化し、予後を心配した騏一郎は、胸郭形成術《きょうかくけいせいじゅつ》を決意したようだった。肋骨《ろっこつ》を何本か切除して、肺の病巣部を押しつぶし、結核菌の増殖を抑える方法で、当時としてはもっとも有効とされた療法である。しかし、身体の負担も大きく、そうとうなリスクを伴う。「治方」には、騏一郎の逡巡の跡がこう記されている。

「コノ期《ご》ニ及ビテハ　胸郭形成術ヲ行フヨリ　他ナシ　危険ハ　承知ノ上ナリ」

「手術ノ危険大ニシテ　執刀ニ躊躇《ちゅうちょ》ス」

手術は昭和十八年四月四日に行われた。「手術所見」によると、局所麻酔で右の第一肋骨から第四肋骨までを切除したようだ。この手術により右の肺尖部《はいせんぶ》にあった主病巣は圧縮され、空洞も消失した。

術後の経過は良好だったようで、患者は喀血も止まり、食欲も出て、食事は全粥《ぜんがゆ》、食後には果実、羊羹《ようかん》なども食べている。騏一郎は手術の成功を喜び、「体力恢復　目覚マシ」「平熱　平脈《へいみゃく》　大イニ安心ス」などと記している。

しかし、右の中肺葉《ちゅうはいよう》にも小さな病巣があり、騏一郎はこれを圧縮するために、さらに五月十日に追加の手術を行った。今回は第五、第六肋骨の切除だけだったが、術後に感染が起こり、肺膿瘍から膿胸《のうきょう》になった。今なら抗生剤で治るが、当時は有効な治療法がなく、騏一郎はドレナージ（排液）のための再手術、さらには右肺の全摘出まで試みたが、容態は悪化の一途を辿《たど》り、騏一郎は不眠不休で治療にかかり切りになったようだ。

「創部ヨリ　排膿　未ダ相當ニシテ　患者ハ　苦痛ヲ訴フ」

「深夜　悪寒戦慄アリ　防腐帯　交換ス」

「創部　水疱《すいほう》破裂　全面糜爛《びらん》ヲ呈《てい》シ　疼痛《とうつう》　甚《はなは》ダシ」

「俄《にわか》ニ　胸内苦悶《くもん》ヲ訴ヘ　譫言《せんげん》ヲ發ス」

凄惨《せいさん》な記載が続いたあと、六月十八日未明、患者はついに臨終を迎えた。

「下顎呼吸ノ後　心停止　午前四時五分　死亡確認ス」

そのあと、数行空けて次のようなコメントが書かれている。

「小生ガ　疾病ノ根治ヲ求メテ　追加手術ノ挙ニ出《い》デシコトハ　明ラカニ　治療ヲ　慾張リシ結果　慚愧《ざんき》ニ　堪ヘズ」

「慾張リ」と「堪ヘズ」の文字にはインクの滲んだ跡がある。おそらく落涙《らくるい》によるものだろう。

　このカルテからうかがえるのは、騏一郎の医療に対する熱心さと、誠実さのように思われる。そんな医師が患者に暴力を振るったり、廃人や凍死に追い込むようなことをするだろうか。

　カルテ合本を棚にもどし、もう少し新しい巻を取り出して見た。昭和二十七年。騏一郎が亡くなる三年前の診療録だ。

ページを繰ると、主病名に「膵臓癌《すいぞうがん》」の記載が目についた。患者は四十六歳の男性で、腹部に手拳大《しゆけんだい》の腫瘍があり、黄疸《おうだん》も出ていたようだから、手術はもちろん、抗がん剤の治療も適用のない末期の患者だ。

「當人ハ　尚　快癒ヲ求ムレド　元ヨリ癌ハ不治ニシテ　病名ヲ告知シ　疑心ヲ晴ラスベキカ　ソレトモ　腹膜炎ノ診断ノ儘《まま》　誤魔化シノ治療ヲ　續ケルベキカ　懊悩《おうのう》ス」

この記載は、騏一郎が病名告知を意識していたことを示し、時代を先取りする発想とも言える。さらには、当時、開発された最新の抗がん剤にも目を向け、大学病院で詳細を訊ねたようだ。

「大学ニテ　窒素《ちつそ》マスタード剤　及ビ　抗葉酸剤《こうようさんざい》ヲ　用キル療法ヲ　見聞スルモ　毒性強ク　患者ノ体力ヲ　損ネルコト　甚ダシ　ニモ拘ラズ　説明不十分ナル儘ニシテ治療ヲ継續シ　患者ヲ死ニ至ラシメルハ　人躰実験ト　區別《くべつ》ヲ得ズ」

当時、インフォームド・コンセント（説明と同意）の発想があるはずもなく、私の若いころでさえ、大学病院では、医師の都合でさまざまな新薬の試用が行われていた。今はきちんと説明をした上で、「治験」とか「臨床実験」とか称しているが、本質は人体実験にほかならない。

駬一郎はその欺瞞をいち早く見抜いていたわけだ。医療を過信する者には、決して到達できない心境だろう。やはり、駬一郎は謙虚で患者思いの医師だったのではないか。

先へ進むと、この患者にあらゆる治療が試されたことが記録されている。病状が悪化したあとは特別室に移し、点滴、輸血、酸素吸入、腹膜透析《ふくまくとうせき》まで行い、最後は意識不明のまま高熱、全身浮腫、吐下血、眼球出血、下肢壊死《えし》などを来したようだ。そこまで熱心に取り組むには、そうとうな技能と忍耐力、さらには最後まで患者を見捨てない強い意志が必要なはずだ。それこそ医師としての誠意の表れではないか。

私は駬一郎に医師として十分な資質を見たように思い、悪辣《あくらつ》な逸話など気にすることはないという気になった。

ところが、この患者の最後のページを見ると、カルテの余白にこんな書き込みがあった。

「ミンナ死ヌノダ」

一文字ずつ力を込めて書かれたらしく、ペン先がたわんで線が割れているところもある。

この不吉な文言はいったい何か。熱心に治療を行っていた騏一郎が、なぜこんな虚無的な言葉を書きつけたのか。

カビ臭いカルテ庫で、私は不可解な書き込みに魅入られたように立ち尽くした。

*

一週間後、ふたたび上原夫妻がクリニックに来た。

健治は一週間前とは見ちがえるほど元気になっていた。私の顔を見るなり、力強い声で礼を言う。

「ありがとうございます。先生の薬をのみはじめてから、すごく体調がよくなりました」

私は首を傾げた。健治に出したのは、ただの整腸剤とビタミン剤だ。次の病院が見つかるまで、自宅でのむ薬がほしいと言うから、仕方なく処方したのだ。もちろん薬の内容は伝えている。

さゆりが妙に納得したように言った。

「がんには、ビタミンCの大量療法というのがあるんですよね。先生が出してくださったビタミン剤も、きっと似たような効果を発揮したんだと思います。主人は食欲も出て、身体のだるさが消えたみたいです」

「いや、それは大学病院での副作用の強い薬をやめたからだと思いますよ」

正直なところを述べたが、さゆりは笑顔で否定する。

「そんなことないですよ。だって、大学病院で薬をやめたのは、退院の一週間前ですよ。でも、体調は少しもよくならなかったんですから」

「副作用が消えるのにも時間がかかりますから」

説明しても、上原夫妻はまるで聞く耳を持たなかった。

健治はたしかに顔色もよく、体重も一週間前より一、二キロ増えたように見える。体調が回復したのはよいが、それは諸刃《もろは》の剣でもあった。がんが治るかもしれないというあらぬ希望を抱かせてしまったのだ。

もちろん、がんにも治るものはある。しかし、健治のように肝臓に複数の転移があって、抗がん剤に反応しないケースは、まず助からない。死までの時間は、砂時計の砂が落ちるように減りつつあるのだ。それを少しでも有意義に使うためには、治ることに執着せず、体力のあるうちに残った時間を有効にすごすしかない。そのためにはまず、死を受け入れることが必要だ。死を拒絶していては、徒《いたずら》に無益な治療に時間を取られ、逆に命を縮めかねない。

悪い予感は的中し、健治は全身を強ばらせて言った。

「このままいけば、大きな手術にも耐えられると思うんです。がんを根こそぎ取ってもらう手術を、受けられるように頑張ります。だから、土岐先生、いい病院を見つけてください。お願いします」

またも二人揃って深々と頭を下げる。

「……わかりました。最大限の努力をします」

そうとしか言えなかった。この状態で手術を受けるなど、みすみす命を縮めるのも同然だが、治るかもしれないという希望を抱いている夫妻を、絶望に追い落とすことはとてもできない。私にできることは、病院さがしを引き延ばして、健治の体力がふたたび悪化し、自ら手術をあきらめるのを待つことくらいだ。

診察室を出て行く彼らに、声をかけた。

「頑張りましょう。でも、くれぐれも無理はしないように」

言いながら、私は自分の舌を雑巾《ぞうきん》のように感じた。

その少しあとで、前々から評判だった二時間ドラマが放映された。

『奇跡のカルテ――がん難民への救いの手』

主演は連ドラでブレイクした熟年男優と、ＣＭで引っ張りだこのトレンディ俳優、そしてアイドルから転向した女優の三人だった。原作者は医師作家である。

ドラマは、がん検診で胃がんが見つかった主人公と、名医だが偏屈ゆえ医局を追われた外科医のダブルストーリーで進んだ。

主人公は、検診で見つかったのはむしろ幸運と、前向きな気持で手術を受けるが、予想に反してがんは肝臓に転移する。大学病院で抗がん剤の治療を受けるが、転移は消えず、主治医はこれ以上の治療は無理だと告げる。

一方、医局を追われた外科医は、都市部の病院の招きを断り、一匹狼として地方病院に赴任する。主人公は病院を渡り歩くが、いずれも治療を断られ、がん難民となって絶望しかける。しかし、妻に励まされ、ネットで必死に病院をさがして、ついに一匹狼の外科医がいる病院に辿り着く。

外科医ははじめ手術はむずかしいと言うが、夫婦の切実な思いに共感し、治療を引き受ける。手術の前にカテーテル治療で転移を縮小させる新療法で、十時間に及ぶ手術は無事に成功する。治療をあきらめず、わずかな可能性に賭けた患者と医師の奮闘で、奇跡的にがんに勝利するという筋立てだった。

見終わったあと、私は頭を抱えた。こんなドラマは、百害あって一利なしだ。がんはそんな生やさしいものではない。ある時期を過ぎると、明らかに何もしないほうがいい状況になる。だから、医師は治療を控えるように勧めるのだが、このドラマでは、そう判断した医師が悪者になり、無茶な治療に踏み切った医師がヒーローになっている。ドラマだから手術は成功するが、実際には九十九パーセント、患者は命を縮める。

この程度のドラマは、どうせすぐ忘れ去られるだろうと思ったが、翌朝の新聞を見ると、視聴率は後半ぐんぐん上がり、ラストは二十パーセントに迫る勢いだったと書いてある。その後、週刊誌やバラエティ番組でも取り上げられ、多くの感動の声が寄せられたという。

特に外科医のセリフが共感を呼び起こしたようだ。

——手術が成功する見込みは一パーセント。それでも、自分から希望を捨てるわけにはいかない。

これを陰のあるトレンディ俳優が呻くようにつぶやくと、妙な説得力を持ってしまう。

――私は決して患者を見捨てない。

そんなありきたりなセリフも同様だ。原作者は医師の肩書きを持つらしいが、よくもこんなきれい事が書けるものだと、私はあきれた。きっと現場の経験に乏《とぼ》しいか、単に世間におもねっているだけだろう。

困ったことにならなければいいがと思っていると、翌週、上原夫妻がクリニックに来て、さも朗報のように告げた。

「妻がネットで検索したら、いい病院が見つかったんです。大学病院のデータを持参して診察を受けたら、むずかしいけれど、手術は可能だと言われました。先生にお願いしたのと二重になったらいけないので、急いで報告に来たんです」

健治は、今にもその病院に飛んで行きたそうな性急さで言った。さゆりも顔中を希望に輝かせている。

「先週のドラマ、ご覧になりましたか。あのドラマとそっくりな展開なんです。まるで主人をモデルにしたのかと思うくらい」

何とも答えようがなかった。展開がそっくりでも、結末まで同じとはかぎらない。

「手術のリスクについては聞いていますか」

「もちろんです。向こうの先生も無理はしないとおっしゃってました。でも、一パーセントでも可能性があるのなら、私は手術に賭けたいんです」

——自分から希望を捨てるわけにはいかない。

健治の目はそう訴えているようだった。

(あまり過大な期待はしないでください。過剰な手術をすると、手術そのもので命を落とすこともありますよ)

言うべきことは頭にあったが、言葉にできなかった。上原夫妻は今、全身に希望を漲《みなぎ》らせている。毛筋ほどもない可能性を、太い綱のように膨《ふく》らませて。医師として、正しい情報を伝えるべきか。それは手術の断念だ。だが、せっかく生きる希望を見出《みいだ》している二人を、絶望の淵《ふち》に突き落とすことが正しいのか。

私は、自分が悪者になりたくなかっただけかもしれない。患者のいやがることを言わず、口先だけの励ましでこの場を乗り切る。いちばん楽な方法だ。しかし、専門家としては明らかに不誠実な行為だ。

*

土岐記念病院のカルテ庫を訪ねた一月《ひとつき》後、佑介から思いがけない連絡があった。

「騏一郎のおじいさんの逸話、どうやら事実だったようですよ。カルテに記録が残っていましたから」

「被害者のカルテがわかったのか。どうやって見つけたんだ」

「診療抄録《しょうろく》が別に綴《と》じてあったんです。そこにそれらしき記載があったので、カルテの原本に当たったら、ほぼ逸話通りのことが書いてありました」

診療抄録とは、入院経過の要約で、患者一人につき一枚にまとめられている。それなら全員分をチェックすることも可能だろう。騏一郎の逸話が事実らしいというのは、私には残念な報せだった。やはり、祖父はトンデモ医師だったのか。

佑介が該当のカルテを取り置いていると言うので、次の休診日の午後に、私はふたたび土岐記念病院を訪ねた。

「こちらです」

佑介についてカルテ庫に下りると、棚の空いたところに三冊のカルテ合本が取り出されていた。

「鼓膜を破ったというのは、たぶんこの患者です」

付箋《ふせん》をはさんだページを開く。昭和十四年の巻。患者は二十六歳の男性で、肝炎及び慢性膵炎《すいえん》で入院していたようだ。副病名に「右鼓膜裂傷」とある。

「この患者は飲酒を止められていたのに、たびたび禁を犯して酒を持ち込み、患者仲間と屋上などで飲んでいたみたいですね。駒一郎のおじいさんがその現場を見つけて、怒って殴りつけたときに鼓膜が破れたようです」

カルテにはこうあった。

「屋上ニテ　飲酒セルヲ發見　口頭注意スルモ　不従」

「小生ノ打　擲《ちょうちゃく》ニヨリ　右耳鼓膜　裂傷ヲ來《きた》ス」

昭和十四年ということは、駒一郎は三十九歳で、血気盛んだったのかもしれない。それにしても、鼓膜が破れるほどの暴力を振るうのは、いくら患者に非があっても許されない。

「ヘビーセデーション（強い鎮静）で廃人にしたというのは、たぶんこれでしょう」

佑介が二冊目の合本を開く。巻は昭和十七年。患者は三十歳の女性で、主病名は「精神分裂病」とある。今でいう統合失調症だ。

「カルテには『廢人《はいじん》』とは書いてないんですが、診療抄録にそう書いてありました。たしかに、この投薬量では廃人同然になるでしょうね」

佑介が差し出した診療抄録には、「昭和十六年十月ヨリ　無言無動　廢人トナル同十七年九月ノ死亡退院マデ　仰臥《ぎょうが》ニテ　過ゴス」とある。

投薬の内容は、「ベロナール　三・五瓦」「塩酸モルヒネ　三百瓱《ミリグラム》」「阿片散《あへん》　十五瓦」などと記載されている。ベロナールはバルビツール酸系の睡眠剤で、通常使用量はたしか一グラム以下だったはずだ。モルヒネはがんの疼痛コントロールには大量に使う場合もあるが、通常は一日量で二十から百ミリグラムだろう。阿片散は痛み止め、下痢止め、鎮咳剤《ちんがいざい》として用い、使用量はよく知らないが、それでも十五グラムはかなり多いにちがいない。

「最後の院外で凍死した患者はこれだと思います」

佑介が広げたのは昭和二十年の巻で、患者は十八歳の男性。主病名は腸チフスだった。

「この患者は知的障害があったようですね。排菌《はいきん》の恐れがあるので、隔離病棟に収容されていたらしいですが、たびたび病院から脱走しようとするので、拘束衣を着せたら、夜中に大声で叫んだため、看護婦が拘束を解くと、深夜に病棟から逃げ出したらしいです。当直医が気づいて騏一郎を呼び、看護婦たちと総出でさがしたけれど見つからず、翌朝、病院の裏庭で凍死しているのを発見されたみたいです」

カルテにはこう書かれている。

「発見時　雪中ニテ腹臥《ふくが》　死亡確認ス」

これは是枝の話していたこととは少しちがう。彼は規則を守らない患者を雪の中に放り出して凍死させたと言ったが、患者は自分で外へ出たようだ。

とはいえ、逸話がまったくのデタラメではなく、事実に近いものだったことは認めざるを得ない。私は落胆したが、佑介はさほどでもないようだった。

「むかしのことですからね。騏一郎のおじいさんは、けっこう短気だったようですし」

——自分の思い通りにならんと怒るんですよ。

元事務長の大貫から聞いたことが思い浮かんだ。佑介は三冊の合本を棚にもどして言った。

「当時の治療がどんなだったかと思って、適当に抜き出して見てたんですが、騏一郎のおじいさんは、かなり医療に懐疑的だったみたいですね。結核の患者には、安静と日光浴をさせているが、こんなものはまるで治療になっていないとか、がんの治療はほとんど当てずっぽうだとか、新しい治療はみんな人体実験だとか書いてましたから」

「カルテにそんなことを書いてるの？」

「『治方』のコメントみたいなもんですね。忸怩《じくじ》たる思いがあったんじゃないですか。こんなことになるなら、何もしないほうがよかったみたいなことも書いてあったな」

「私も見たよ。『慚愧ニ　堪ヘズ』とか書いてあった」

「時代を先取りしてますね。医療はやりすぎるとよくない。特にがんとか、難病みたいに治らない病気を治そうとすると、逆効果ってことが多いですもん」

佑介は、年齢に似合わない老成した笑みをもらした。

「君も苦労してるんだな」

「僕は神経内科医ですからね。ＡＬＳ（筋萎縮性側索硬化症《きんいしゅくせいそくさくこうかしょう》）や、脊髄《せきずい》小脳変性症みたいに、治らない病気が多いんです。騏一郎のおじいさんも、治らない患者にはそう悩んだみたいで、最後のほうは医療ニヒリストみたいになってましたから」

「医療ニヒリスト？」

「治療も検査もしないほうがいいみたいなことですよ。治る病気は何もしなくても治るし、治らないものは何をしても治らないと悟ったみたいで」

ふたたび大貫の言葉が思い出される。

――治療も投げやりで、検査もせずにほったらかしにしとる患者もおりました。

それはやる気がなかったのではなく、ある種の達観だったのか。胸郭形成術を行った患者のときのように、根治を目指して患者を死なせたり、薬を使いすぎて廃人にしたりすれば、医療に虚無感を抱くのも無理はない。

私は自分の経験を振り返らざるを得なかった。都立病院の消化器内科で勤めた十年。多くのがん患者を治療し、積極的な治療が功を奏したこともあるが、逆効果のこともあった。医療で患者の命を縮めたとき、私はその事実から目を背けてきた。そして十年たったとき、深い懐疑に見舞われた。いったい何のために医療をやっているのか。

「君も騏一郎のおじいさんの考えに賛同するのか」

「そうですね」

佑介はゆっくりと目を逸らして、ぎっしりと並んだカルテの棚を見た。ここには夥《おびただ》しい記録が集約されている。治った患者、治らなかった患者。感謝、信頼、喜び、そして悲しみ、恨み、嘆き、苦しみ、無念の思い。

――ミンナ死ヌノダ
騏一郎の書き込みが脳裏をかすめる。まぎれもない事実だけれど、だれもが深く向き合わない事実。

私が病院勤務をやめた理由は、開業医なら高度な医療はできない代わりに、害のある医療もしなくてすむからだ。病院を去るとき、私はひとり胸中で虚《むな》しくつぶやいた。

——医療さえしなければ、医療の弊害《へいがい》は免れる。

そのとき、胸の奥にかすかな痛みを感じて咳き込んだ。

「大丈夫ですか」

佑介は異変を察知したようだ。その痛みはおかしな言い方だが、苦くて甘かった。

＊

それからまもなく、上原さゆりから手紙が届いた。

書き出しの挨拶もそこそこに、文面は次のようになっていた。

『夫は、九月二十七日、永眠いたしました。土岐先生にはひとかたならぬお世話をいただき、誠にありがとうございました』

健治が八月末に手術を受けたことは電話で聞いていた。肝臓の三分の二を切除する大手術だったが、無事に終了したとさゆりは喜んでいた。だが、術後の経過が思わしくなかったようだ。

『手術のあと、夫は肺炎と肝不全になり、人工呼吸器をつけられて、亡くなるまでの約三週間、ずっと意識がありませんでした。点滴や尿の管や、お腹にも何本もチューブが差し込まれ、見るも無惨な状態になりました。あんまり酷《むご》いので、もう治療をやめてほしいと病院の先生に泣いて頼みましたが、聞き入れてもらえませんでした』

健治は悲惨な延命治療のフルコースを受けたようだ。手紙には書かれていないが、およその想像はつく。まだ四十代の健治は、体力があるせいでなかなか死ねない。身体は土左衛門《どざえもん》のように膨れ上がり、皮膚は黄疸で黄緑色になり、吐血と下血と下痢便で、病室には悪臭が充満し、顔は浮腫《むく》んで変貌《へんぼう》し、高熱で髪の毛も抜け、輸血と強心剤と人工呼吸で無理やり生かされ続けたのだろう。

家族が治療の中止を求めても、病院側は応じられない。治療をやめれば、あとで殺人罪で訴えられる危険性があるからだ。その場にいた家族は訴えないだろうが、後から〝遠くの親戚〟が来て、治療にベストを尽くさなかった、治療を続けていたら助かったかもしれないなどと、あり得ない罪状をでっち上げる危険がある。縁者に偏向ジャーナリストなどがいたら、即、アウトだ。

さゆりは手紙で自分自身を責めてもいた。

『こんなひどいことになるなら、手術なんか受けなければよかった。でも、わたしがそれを求めたのです。なぜ、こんなになる前に止められなかったのか』
二人が手術を希望したとき、私はやはり事実を告げるべきだったのだ。しかし、手術を断念しても、早晩、健治は亡くなっただろう。そのとき、さゆりはきっと、手術を受けていれば助かったかもしれないと悔いるにちがいない。どちらに転んでも、彼女は苦しまざるを得なかったのだ。
そう思いながら、はたと気づく。私はまた自己正当化に走っている。
『わたしは、どうしても夫の病気を治したかった。夫に生きていてもらいたかった。夫は人生のすべてだったのです。夫がいなくなった今、もう生きている意味はありません。夫のあとを追ってこの世を去ります。でも、自分だけが死ぬのは割に合わない。わたしたちを、こんな悲惨な状況に追いやった張本人を、ぜったいに許さない。天罰を与えます。
専門家ならわかっていたはず。それなのに治療をそそのかすのは卑劣な行為。ぜったいに許せない』
手紙はそこで終わっていた。
すぐにさゆりに連絡を取ろうとしたが、上原家の電話も、さゆりのケータイもつながらなかった。住所は諏訪市渋崎《しぶさき》とカルテにあったので、午後の休診時間に車で訪ねたが、人の気配はなかった。郵便受けに手紙やカタログ雑誌があふれている。さゆりは何を考えているのか。まさか、自殺するときにだれかを道連れにするつもりか。

私は健治を手術した病院の主治医に電話をした。さゆりからの手紙は、そちらには届いていないようだった。

まだ若そうな声の主治医は、多少困惑しながら無頓着《むとんちゃく》に言った。

「上原さんには気の毒なことをしましたが、手術を希望されたのは、上原さんのほうでしたから」

いくら患者が希望しても、止めるのが専門家ではないか。私はそう言いたいのを堪えて注意を促《うなが》した。

「手紙のようすでは、かなり思い詰めているようなので、くれぐれも気をつけてください。場合によったら、警察に報せたほうがいいかもしれません」

「わかりました。でも奥さんは、最後はありがとうございましたって言ってましたけど」

危機感がまるで感じられなかった。手紙にも礼の言葉は書いてあったが、だから安心というわけにはいかない。

さゆりが許せないと怒っている相手は、彼女たち夫婦を『悲惨な状況に追いやった張本人』だ。それはだれか。直接には、手術をした主治医だろう。あるいは上司の外科部長か。彼らが手術さえ引き受けなければ、悲惨な結果は避けられたはずだ。

いや、彼女が恨んでいるのは、健治を最初に診察した開業医かもしれない。その医師がもっと早く診断していれば、健治は助かったかもしれないのだから。しかし、どのだれだかわからない。地域の医師会に連絡して、注意喚起してもらうべきだろうか。

そう考えていて、恐ろしい予感がよぎった。さゆりが恨んでいるのは、もしかしたら、相談を受けながら手術を止めなかった私ではないのか。

『専門家ならわかっていたはず』という言葉は、まさに私を非難している。それは逆《さか》恨《うら》みというものだ。しかし、夫を失い、正気を失っているかもしれない彼女に、道理が通用するとは思えない。

警察に保護を求めるべきか。迷っていた矢先、事態は思いがけない展開となった。

翌日の夜のニュースで、さゆりが起こした事件が報じられたのだ。

彼女が襲ったのは、ドラマ『奇跡のカルテ——がん難民への救いの手』の原作者、医師作家の刑部侑《おさかべゆう》だった。

場所はＪＲ新宿駅東口近くの路上。刑部は近くの書店で、ドラマの原作本のサイン会を終えたあと、編集者と駅へ向かったところを、後ろからサバイバルナイフで刺されたらしい。さゆりは刑部に体当たりするようにして、二度、ナイフを突き刺し、「この人殺し」と叫んだようだ。傷のひとつが大動脈を貫通したため、刑部は救急車が来る前に心肺停止となり、搬送先の病院で死亡が確認された。

刑部を刺したさゆりは、五十枚ほどのビラを撒《ま》き、用意していたガソリンを頭からかぶって焼身自殺を図った。火は間もなく消し止められたが、意識不明の重体とのことだった。

翌日、さゆりが撒いたビラの内容が新聞各紙に出た。

『……どうしてもがんを治したいと思いながらも、夫とわたしは迷っていました。副作用や手術の危険を考えたら、治療しないほうがいいのじゃないか。大学病院の先生にそう言われたし、クリニックの先生にも、治療にはむずかしい面があると諭《さと》されていましたから。

そんなとき、ドラマ「奇跡のカルテ――がん難民への救いの手」を見たんです。夫とそっくりの状態の患者が、苦労の末、生還する物語です。あのドラマがわたしたちに手術を決意させたのです。そして、夫はあまりに悲惨な状態で亡くなりました。

原作者の刑部は、不治の病《やまい》に冒された患者と家族が、どんな思いであのドラマを見るか、少しでも考えたのでしょうか。安易なドラマの嘘が、患者と家族に道を誤らせ、大きな苦しみを背負わせることに、どれほど責任を感じているのか。

ドラマには原作者以外にも、大勢の人が関わっているでしょう。しかし、刑部は医師の肩書きを持っているのです。医師なら患者や家族の思いもわかっているはずです。にもかかわらず、あんな原作を書いたのは許せない。

だから、わたしは決意したのです。奇跡を求める患者と家族の心を弄《もてあそ》んだ者に、天罰を下すと』

翌々日、重体だった上原さゆりの死が報じられた。

＊

事件のあと、上原健治の手術をした病院の主治医や、先に治療を打ち切った大学病院の医師らがメディアの取材に応じ、いくつかの続報が出た。私にも取材の申し込みがあったが、すべて断った。私は上原夫妻に誠意ある対応をしなかったし、彼女たちの気持を代弁する立場にもなかったからだ。もちろん、さゆりから届いた手紙も明かさなかった。

ほとぼりが冷めたころ、久しぶりに佑介から電話がかかった。

「叔父さん、まだ騏一郎のおじいさんに興味がありますか。おじいさんのことを直接知っていそうな人を、もう一人忘れていました」

だれかと思うと、騏一郎の妻フサの姪《めい》に当たる川島芳美《かわしまよしみ》だった。芳美のことは私も聞いたことがある。佑介の祖父伊織が奥穂高で滑落死したとき、いっしょに登っていた女性だ。芳美は伊織や長門の従妹だが、私は会ったことがなかった。佑介は子どものころ、伊織の十三回忌のあとで一度、彼女が土岐家を訪ねてきたときに会ったことがあるとのことだった。

「芳美さんは今、岡谷《おかや》市の有料老人ホームにいるらしいです」

「どうやって調べた」

「カルテ庫に祖父宛の手紙が残っていて、その住所から芳美さんの甥《おい》に当たる人と連絡がついて、教えてもらったんです」

「じゃあ、会いに行ってみるか。佑介君も行かないか」

「僕はいいです。叔父さんのような興味はありませんから」

それならなぜここまで調べるのか。釈然としなかったが、取りあえず礼を言って通話を終えた。

芳美が入居しているのは、岡谷市堀《ほり》ノ内《うち》にある介護付き有料老人ホームだった。彼女の従兄の息子だと名乗って施設に問い合わせると、芳美はほぼ寝たきりの状態だが、頭ははっきりしているとのことだった。年齢は八十一歳。当人に確かめてもらうと、会ってもいいとの返事だったので、土曜日の午後に訪ねることにした。

芳美の部屋は窓際に介護ベッドがあるだけで、私物らしいものはほとんどなかった。まるで死を前にして、身辺の整理をすませ、あとはその日を待つばかりといった風情《ふぜい》だ。私の顔を見るなり、落胆したような笑いをもらして言った。

「伊織にあんまり似ていないのね」

彼女は上体を四十五度に起こしたベッドに横たわり、細い両腕を布団の上に投げ出していた。若いころはきれいだったろうと思える顔立ちが、今は容赦ない老いに苛《さいな》まれ、色白の皮膚にも細かな皺が刻まれている。

芳美は生涯独身で、伯父の伊織とは親しかったようだが、父の長門とはあまり行き来はなかったようだ。騏一郎のことを聞くと、視線を動かし、かすれた声で低く言った。

「騏一郎の伯父さまは、立派なお医者さまだったわ。彫りが深くてハンサムだった。

よく怒鳴っていたから、みんな怖がっていたけれど、わたしには優しかった」

芳美は昭和七年生まれで、子どものころよく土岐家に遊びに来ていたらしい。何か覚えていることはないかと聞くと、薄いまぶたを閉じてしばらく考えてから、おもむろに乾いた唇を震わせた。

「もうずいぶんむかしのことだから、覚えていることもほとんどないけど、そう、一度、わたしに言ったことがあったわね。結核になっても、決して手術は受けるなって」

「いつごろのことですか」

「小学校の五年生か、六年生のころ」

小学五年生なら芳美は十一歳。すなわち昭和十八年で、騏一郎が結核患者の胸郭形成術に失敗したころと一致する。

「それは騏一郎のおじいさん自身が、患者の手術でうまくいかないことがあったからでしょうか」

「いいえ。患者を実験台にする医者がいると言って、怒っていたの」

「土岐病院にですか」

「ちがう。大学病院じゃない？　伯父さまはときどき大学病院に治療法を相談に行ってたから」

　そのことはカルテにも書いてあった。芳美は口元をすぼめて細く笑った。

「大学病院はメチャクチャだって憤慨《ふんがい》してたわ。患者のことをぜんぜん考えていないって。伯父さまはとても患者思いだったから」

「でも、患者に怪我をさせたりしたこともあったのではないですか。院内で飲酒をした患者を殴って、鼓膜を破ったことがあったそうですが」

「それは知らない」

「鎮静剤を使いすぎて廃人同然にしてしまったり、病院を抜け出した患者を雪の中で凍死させたりしたこともあったそうなんです。昭和十四年から二十年ごろですが」

「患者が凍死した話は、聞いた気がする。戦争中で、特に問題にはならなかったんじゃない」

「でも未《いま》だにその噂話をして、騏一郎のおじいさんを批判する者がいるので、ほんとうはどうだったのか知りたいんです。芳美さんの記憶では、騏一郎のおじいさんは患者思いだったのですね」

　噂を否定したくて、私は念を押した。芳美はゆっくりとうなずき、「いったい、だれがそんな話を」と問い返した。

「医師会の連中です。でも、それだけじゃなくて、身内にも話は伝わってるんです。伊織伯父さんの孫に当たる佑介君も、父親の冬司さんから聞いたと言ってました。冬司さんは家庭教師から聞いたということなんですが」

「……加瀬満《かせみつる》ね」

意外なことに、芳美は冬司の家庭教師を知っていた。理由を聞くと、彼女は冬司の母真令子と親しく、冬司のことも、一時、我が子のようにかわいがっていたからとのことだった。加瀬は当時、信州大学の医学生で、卒業は昭和四十一年だという。

「どうしてそんなに細かなことまで覚えてるんです」

「それはね、いろいろあったのよ。ふふふ」

芳美は思わせぶりな笑いを浮かべ、それ以上は答えなかった。

*

帰宅後、私は信濃中央医師会の名簿を調べた。名簿には出身大学と卒業年が載っている。昭和四十一年に信州大学の医学部を卒業した医師は諏訪市内に四人いて、その一人に問い合わせると、加瀬は現在、松本市大字島立《おおあざしまだち》で開業していると教えてくれた。浪人や留年がなければ、年齢は七十二歳。連絡先を調べて電話すると、加瀬ははじめは警戒していたが、事情を話すと面会を承諾してくれた。

翌日の日曜日、私は車で加瀬の自宅を訪ねた。

応接室に通され、白いカバーをかけた椅子に向き合って座ると、加瀬はゆったり足を組み、パイプ煙草《タバコ》に火をつけた。白髪混じりながら、現役で診療を続けている医師らしく、眼鏡の奥には知的な光が瞬いている。

「昨夜も申し上げた通り、土岐冬司があなたから土岐騏一郎の話を聞いたと言っていたそうなんですが」

電話で伝えた話を繰り返すと、加瀬はパイプを咥《くわ》えて鷹揚に答えた。

「そう言われれば、話したかもしれませんな」

記憶はいまひとつ曖昧《あいまい》なようだったが、逸話の内容を伝えるうちに、思い当たることがあったようで、懐かしそうに苦笑をもらした。

「もう時効だろうからお話ししますが、当時、私は冬司君の母親の真令子さんと、一度だけ深い関係になったのです。ご主人の伊織先生が嫉妬深い人で、あまりに真令子さんを束縛するので気の毒になって、慰めているうちにややこしくなってしまってね。騏一郎先生の逸話は、医師会の講習で聞きました。そのころ信濃中央医師会が、医学生を集めて講習を開いていて、休憩時間に騏一郎先生の悪評がささやかれていました。騏一郎先生が医師会に批判的だったからでしょう。私は伊織先生に反感を抱いていたので、間接的に貶《おとし》めるつもりで、冬司君に話したんです。デマだとも知らずに」

「デマ？　騏一郎の逸話はデタラメだったのですか。しかし、カルテには記載が」

私は混乱して身を乗り出した。

「いや、まったくのデタラメではないでしょうが、でも悪意に満ちた事実の歪曲《わいきょく》ですな。あとでいろいろな人に聞くと、騏一郎先生は決して批判されるようなことはしていなかったようですから」

加瀬によると、鼓膜を破った患者は、院内での飲酒を何度も騏一郎に叱責され、屋上で現場を押さえられたとき、患者のほうから殴りかかったらしかった。応戦した騏一郎のビンタがたまたま右耳を強打して、はずみで鼓膜が破れたのだという。

鎮静剤をのませすぎた患者も、錯乱して何度も壁に頭を打ちつけ、凶暴な発作で看護師やほかの患者に怪我をさせる恐れがあったため、強い鎮静が必要だったらしい。

凍死した患者も、自ら病棟を抜け出して、捜索しても見つからず、結果的に凍死体で発見されたということだった。それはカルテに記載されていた通りだ。

「でも、いったいだれがそんなデマを広めたんです」

「当時の医師会長だった是枝甚一先生ですよ」

思いがけない名前が出て、私は驚いた。

「あの信濃中央医師会中興の祖と言われた是枝先生ですか」

「そう」

是枝甚一は、先日、現医師会長に就任した是枝一太の祖父である。一太は甚一から騏一郎の噂話を聞かされたのだろう。佑介が冬司から聞いた話も、加瀬経由で甚一から出たものだから、両者が一致するのは当たり前だ。

加瀬はパイプの灰を灰皿に空け、背もたれに身体を預けて話を続けた。

「是枝先生は、もともと大学病院の呼吸器外科にいて、欧米の治療を積極的に取り入れ、盛んに新しい手術をやっていたのです。ご本人は医学の進歩のためとおっしゃっていましたが、不十分な知識のままやっていたので、亡くなる患者も多かった。それを騏一郎先生が批判したため、是枝先生は大学にいられなくなって、不本意ながら開業医に転じたわけです。その後、医師会長として活躍するのですが、騏一郎先生には恨みを抱いていて、先生の没後にあちこちで悪意のある噂を吹聴《ふいちょう》したのです」

「それがデマだというのは、どうやってお知りになったんです」

「私は大学を卒業したあと、松本総合病院に勤めたのですが、そこに土岐病院から移ってきた看護師がいて、聞いたのですよ。騏一郎先生は厳しい方だけれど、決して患者にひどいことをする先生じゃなかった。むしろ、治療が患者を害することを恐れていたと話していました」

治療が患者を害すること、すなわち、医療の弊害だ。それを恐れたから、騏一郎は医療ニヒリストのようになった。佑介の見方と一致する解釈だ。

「騏一郎は晩年、医療に否定的な考えを持つようになっていたようです」

私が言うと、加瀬は眼鏡の奥で穏やかに笑った。

「医療が患者を死なせることに、忸怩たる思いを抱いておられたんでしょう。それなのに患者は常に治療を求める。医師ならだれでも経験するジレンマです」

あなたもそうでしょう？　加瀬の目は私にそう問いかけているようだった。

加瀬のところから帰った夜、私は佑介に電話でこの二日間に得た情報を伝えた。

「芳美さんによれば、騏一郎のおじいさんは患者思いの立派な医師だったらしいよ。例の逸話も、まったくの事実無根ではないけれど、悪質なデマに近いものだったらしい」

佑介は、私が冬司の元家庭教師までさがし当てたことに驚いたようだが、加瀬から聞いたデマの真相を話しても、ただ「そうですか」と冷淡に応えるだけだった。彼は自分の曾祖父の汚名がすすがれても、嬉しくないのだろうか。

私は続けて言った。

「騏一郎のおじいさんは、大学病院の治療も批判していたらしい。今の医師会長の是枝先生の祖父が大学にいて、人体実験みたいな手術をやっていたそうだ。騏一郎のおじいさんはそれを批判して、それがきっかけで是枝先生の祖父は大学にいられなくなり、逆恨みした是枝先生の祖父が悪質なデマを流したんだ。だから、騏一郎のおじいさんには、何も疚しいところはなかったんだよ」

佑介の反応が鈍《にぶ》い分、私はことさら力を込めて言った。通話を終えようとすると、佑介が「でもね」と、私を引き留めるように言った。

「僕はあれからも、カルテ庫で騏一郎のおじいさんのカルテを読んだんです。そしたら昭和四年から七年ごろにかけて、開頭《かいとう》手術を何例かやっていました。騏一郎のおじいさんはもちろん脳外科が専門ではなく、病院長として何でも屋のように治療していたようです。開頭手術は、てんかんや脳出血の患者に行っていました。当時は全身麻酔がありませんから、局所麻酔で脳の部分切除をしているんです。カルテにはドイツ語の論文が綴じ込まれていました。脳外科関連の論文で、何ヵ所かに赤鉛筆で線が引いてありました。つまり、騏一郎のおじいさんは、その論文を参考にして手術をしたのでしょう。当然、すべての患者が亡くなるか、植物状態になっています」

まさか。騏一郎がそんな無謀な手術をしていたなんて、信じられない。現代では、いや当時でさえ、そんな暴挙は到底許されるはずもないことだ。

動揺する私に、佑介は追い打ちをかけるように言った。

「これって、今叔父さんが言った大学病院の人体実験みたいな手術と同じじゃないですか。当時の患者は、医者の言いなりだったでしょうし、治療のためと言われたら、断れなかったでしょうね」

返す言葉がなかった。カルテが残っているのなら事実だろう。騏一郎はそんなひどいことをする医師だったのか。

佑介がわずかに声の調子を和らげて言った。

「でも、見事な治療もしていました。腎臓《じんぞう》結核の患者の腎摘出術です。昭和二年に、これも局所麻酔だけで手術をしています。術後はしばらく瘻孔《ろうこう》が閉じなかったようですが、患者は四ヵ月後に退院していました。信州の田舎で、ほとんど独力で、こんな手術を成功させたのは特筆すべきことでしょう」

「しかし、それはたまたま成功しただけで、十分な設備もないのに、イチかバチかの手術をやったことには変わりがないだろう」

「でも、すべての患者が東京や大阪の病院に行けるわけではありませんからね。現地で対応せざるを得ないこともあるでしょう。騏一郎のおじいさんは、ひどいこともしたけれど、立派なこともしたということじゃないですか」

その口調には、年長の私を慰めるような響きがあった。騏一郎がどんな医師だったのか、私にはわからなくなった。かすかに喘ぎながら私は訊ねた。

「佑介君は、騏一郎のおじいさんに興味がないと言っていたのに、どうしてそこまで調べたんだ」

「僕は叔父さんのような興味はないと言ったんです。つまり、人に会って話を聞くとかですね。人は自分の都合や感情で話すし、時間がたつと印象も変わります。その点、カルテのような文献は、当時の情報がそのまま保存されていますからね。まだしも信頼度は高い。だから、読み解いているんです」

騏一郎が、最終的に医療ニヒリストになったのは、自分がいろいろ積極的な医療をやって、多くの患者に害を与えたからかもしれない。私はそれを野蛮なこととは思わない。現代だって、似たようなものだ。私が大学を出たころには、がんの手術は拡大切除一辺倒だった。それで多くの患者を死なせて、今は温存手術が見直されている。医療は試行錯誤の繰り返しだ。駪一郎の時代から、今もそれは変わらない。

そう思ったとき、胸骨の裏あたりに甘苦い痛みを感じて、私は激しく咳き込んだ。

「また咳ですね。大丈夫ですか」

「何でもないよ」

「でも、叔父さんのやせ方、ふつうじゃないですよ」

いつの間に見られていたのか。

「いろいろありがとう。じゃあ、佑介君も元気で」

「はい。それじゃ」

叔父さんもお元気で、とは佑介は言わなかった。

*

それから二ヵ月がすぎた。

私はクリニックで平常通りの診察を続けている。胸骨の裏あたりだった痛みは、右の鎖骨の下に広がった。痛みというより、何かに圧迫されているような感じだ。気管支の奥に、甘い痰《たん》がこびりついている。

クリニックでは、もちろん胸部のレントゲン写真も撮れるが、検査はしていない。思えば、是枝一太の医師会長就任祝いのころから、症状はあったようだ。

外来で診ている患者一人ひとりの紹介状を書いて、電子カルテに保存し終えた。こうしておけば、別のクリニックに移っても、滞《とどこお》りなく診てもらえるだろう。看護師と受付は全員パートだから、手続きもそうむずかしくはないはずだ。退職金代わりのささやかなお礼は、引き出しにもう用意してある。

肺がんには四つの種類があるが、進行の早さからすれば、おそらく大細胞がんだろう。私は煙草を吸わないから、小細胞がんや扁平上皮《へんぺいじょうひ》がんは考えにくい。今から治療などすれば、自由を奪われ、痛い目に遭わされ、病院に閉じ込められて苦しむだけだ。ヘタに手術など受ければ、上原健治の二の舞になってしまう。

上原夫妻には悪いことをした。申し訳ないと思うが、すべては過ぎ去ったことだ。後進の医師たちが、同じ過ちを繰り返さないことを祈るしかない。

このところ、身体の調子がいい。胸の痛みも和らいでいる。検査も治療もしないことが、これほど安らかな気持をもたらすとは思わなかった。私にもやはり、騏一郎の血が流れているのだろう。

午前の診察を終えたあと、久しぶりに下諏訪のうなぎやで鰻重《うなじゅう》を食べ、諏訪湖畔を散歩した。私はこの散歩道が好きだ。薄曇りで穏やかな風が吹いている。太陽が出ていないのに、湖面がキラキラと輝いて見える。これまで見たこともない荘厳さだ。

ハーモ美術館を過ぎ、少し疲れたので、そばの公園で休んだ。ベンチに座って空を見上げる。気持がいい。

深呼吸をしたとき、胸の奥に、熱い鉛の弾を撃ち込まれたような衝撃が走った。息を吸い込むと、激しくむせた。霧状に鮮血が舞い上がる。肺動脈が破れたとわかった。それまで、徐々に広がっていたがんが、ついに肺動脈に浸潤《しんじゅん》して破裂したのだ。呼吸ができない。胸を掻きむしり、ベンチから転げ落ちる。口から血がほとばしる。

強烈な苦痛に見舞われる。助けてくれ、という思いと、すぐ楽になる、という思いが頭の中で交錯した。切り裂くような閃光《せんこう》が走る。苦しみが頂点に達したとき、全身が温かい何かに包まれ、縛りつけられていたものから解放された。

これが死か。薄れつつある意識で思う。最後に奇妙な文言が思い浮かぶ。

――ミンナ死ヌノダ

それは決して悪いことではない。

希望の御旗

＊

人生における幸せとは何だろう。

ある人は〝微分《びぶん》〟と言い、ある人は〝積分《せきぶん》〟と言う。

微分とは、曲線における接線の傾き。人生を曲線で表したなら、日々の接線の傾きが、その日の幸福度ということになる。

積分とは、曲線が座標軸との間に囲む面積。一生涯の幸福の量は、日々の幸福度の総和ということだ。どれほど幸福な日があっても、長続きしなければ、幸福の量は少ない。逆に、大きな不幸があっても、早く立ち直ればまた幸福もやってくる。

しかし、得てして、幸福は長続きせず、不幸はいつまでも去らない。

＊

わたしの人生の最大の幸福は、土岐冬司《ときとうじ》と結婚したことだろう。さらには二人の息子を医学部に進学させたこともある。

冬司と知り合ったのは、昭和五十年。わたしが大学三回生のときだった。大学祭で冬司たちが出していた健康診断のブースで、血圧を測ってもらったのがきっかけだ。わたしは法学部、彼は医学部で学年は彼が二年上だった。

腕を出すと、冬司はていねいに灰色のマンシェットを巻き、聴診器を肘の内側に差し入れて、ゴム球で加圧した。

「九十二の六十四。低いですね。脈搏《みやくはく》は五十六。徐脈《じよみやく》です」

わたしの顔を見ず、左胸に視線を据えて言った。まるで、わたしの心臓を透視するかのように。

ほどなく、わたしは学食で彼を見かけ、自分から声をかけた。たいへん勇気のいることだったが、躊躇や弱気が何も生み出さないことはわかっていたので、雑念は捨てた。

当時、わたしは将来の伴侶《はんりよ》となるべき男性をさがしていて、多少の焦りも感じていた。京大の法学部ならしかるべき相手が見つかるかと思っていたのに、これという男がいなかったからだ。

「低血圧だと、朝が弱いと言うけれど、ほんとうですか」

いきなり話しかけたのに、冬司は警戒するそぶりも見せずに答えた。

「ふだんから低めの人は問題ありません」

患者の質問に答える医師の口調だった。わたしを覚えているのかどうかわからなかったので、自己紹介をした。

「法学部三回生の小野寺信美《おのでらのぶみ》です。大学祭で血圧を測ってもらいました」

「医学部五回生の土岐冬司です。覚えていますよ」

必死に耳を澄ましたが、その口調にどんな感情が含まれているのかはわからなかった。

わたしは許可を得て横に座り、しばらく雑談をした。冬司はいかにも優秀で、まじめで冷静だった。つまり、わたしの好みにぴったりということだ。

それから二人は付き合うようになった。

話せば話すほど、冬司は尊敬に値する人物であることがわかった。優れた医師になるために、常に最大限の努力を傾けている。

医学部は六回生まであるので、卒業は同じ年だったが、彼は卒業試験のあとに国家試験が控えていた。それでわたしは、食事を作りに行ったり、部屋の掃除をしたりして支援した。冬司は長野県諏訪郡原村の出身で、出町柳《でまちやなぎ》の下宿で独り暮らしをしていた。わたしの実家は兵庫県芦屋市《あしやし》の六麓荘《ろくろくそう》にあり、通えないことはなかったが、親が用意してくれた吉田下大路《よしだしもおおおじ》のマンションで、やはり独り暮らしをしていた。

＊

わたしの家は、曾祖父の代から銀行家で、受け継いだ資産を投資、株式、不動産などで運用し、利益を挙げていた。経済が専門の銀行家なら、当然のことだ。

むろん、税金はきちんと納め、代々、相応の寄付や募金で、慈善活動にも参加している。社会の一員としての義務を果たすことは、自分たちの生活の安寧《あんねい》を保つためにも必要だからだ。

＊

冬司の部屋に通ううちに、二人の間柄はぎこちないながら肉体関係に発展した。それが愛なのか、生理現象なのか、わたしは知らない。ただ、彼の求めに応じるばかりだ。自分たちのやり方が正しいのかどうかもわからなかった。週刊誌やノウハウ本には興味本位のことしか書かれておらず、専門書には具体的な段取りが記されていなかった。

たまに避妊の備えを怠《おこた》ることがあり、わたしは卒業する直前、妊娠した。別に不都合はない。冬司の国家試験合格を待って、わたしたちは結婚するつもりだったから。

昭和五十二年、医師になった冬司は、京大病院の消化器外科に研修医として入局した。

わたしは専業主婦である。学歴を生かす仕事に就かなかったことを、別に惜《お》しいとは思わない。家庭に入って夫を支え、家を守ることも立派な仕事だからだ。

冬司の勤務は忙しく、病院に泊まり込むこともしょっちゅうだった。二十人ほどいる研修医の中で、冬司はダントツに優秀で、教授や指導医に目を掛けてもらっていたようだ。あれくらい熱心に勤務すれば当然だろう。

その年の十一月、嬉しいことと、悲しいことが同時に起こった。長男信介《しんすけ》の誕生と、冬司の母真令子《まれこ》の死である。

真令子はずっと原村で暮らしていて、わたしは結婚式の前後を合わせて、数回しか会っていない。美人だが、どことなく妖《あや》しげな雰囲気のある人だった。死因は敗血症で、享年は四十五。

わたしはちょうど信介を産んだ直後で、葬式にも参列できなかった。冬司は息子の誕生と、母親の死が重なったことを、冷静に受け止めていた。すなわち、単なる偶然だと。

一年の研修を終えると、冬司は京都労災病院の外科に配属になった。指導医のもとを離れて、一人前の外科医としてのキャリアをスタートさせたのだ。

ここでも冬司は骨身を惜しまず働いた。腕を上げるため、重症患者を積極的に担当し、手術の件数を増やしていった。当たり前のことだが、手術は数をこなせば上達する。大きな手術を終えて帰ってきたとき、冬司は充実した顔つきで言った。

──胃全摘の手術で、食道と空腸《くうちょう》の吻合《ふんごう》を完璧《かんぺき》にマスターしたよ。

──よかった。これでもう失敗することはないわね。

患者さんには申し訳ないけれど、はじめから失敗しない外科医はいない。ベテランを育成するためには、どうしても練習が必要だ。

＊

＊

冬司は京都労災病院に三年間、勤務した。二年目の十月、父伊織《いおり》が奥穂高の登山中、滑落死した。享年五十二。従妹にあたる女性といっしょだったらしいが、詳しいことは知らない。

伊織は先代の騏一郎《きいちろう》が開設した土岐記念病院の院長で、真令子が亡くなったあと、しばらくひどく落ち込んでいたようだ。冬司は父の死も冷静に受け止めていた。灘《なだ》中、灘高、京大と進んだ彼は、中学生のときから親元を離れて暮らしていて、父子の関係がさほど濃密でなかったのかもしれない。親の死の悲しみ方に基準などあるはずもなく、冷静だったからといって、悲しみが浅いとは言えないだろう。

翌年、ふたたびよいことと悪いことが重なった。よいことは次男佑介《ゆうすけ》の誕生である。

第一子が男の子だったので、次は女の子がほしかったが、当然ながら自然は人間の希望になど頓着《とんちゃく》しない。

悪いことは、冬司の叔父長門《ながと》の死である。長門は伊織の弟で、伊織の跡を継いで土岐記念病院の院長になっていた。それが一年もたたないうちに亡くなった。死因は入浴中の溺死。おそらく、湯船の中で脳梗塞を起こして意識を失い、そのまま溺れたのだろうとのことだった。

享年五十。長門は脳血管障害の専門医で、その彼が自分の専門の病気で命を落とすとは何とも皮肉なことである。

しかし、医師が自分の専門の病気で亡くなることは、決して稀《まれ》ではない。

＊

こうして見ると、土岐の一族は早死にが多い。冬司の祖父騏一郎も、五十五歳で亡くなったという。

医師の一族が早死にというのは、わたしには理解しがたいことだった。

銀行家の一族は裕福で当然。医師の一族は、長生きで当然ではないのか。

＊

長門が亡くなったあと、土岐記念病院の院長には外部の医師が招かれた。冬司は卒後三年で、院長になるにはキャリアが足りず、何より大学で博士号を取るための研究が残っていたので、おいそれとは故郷に帰れなかったのだ。医者の仕事を続けるだけなら、博士号はいらない。しかし大学に残るのなら、医学博士の肩書きは必須《ひっす》だ。自他ともに優秀であると認める冬司は、最終的には教授のポストを目指していた。

翌年四月、大学にもどった冬司は、医局の形態研《けいたいけん》という研究室に所属して、がん遺伝子の研究に取り組んだ。最初は無給で、当直のアルバイトをしながらの研究だった。

二年後、冬司は同期のトップで助手になり、さらに翌年、三十二歳で『大腸癌《だいちょうがん》における癌遺伝子ras-1の発現と増幅』という論文で、博士号を取得した。

その後、指導医として大学病院に復帰し、四年後には三十六歳の若さで、消化器外科の講師に昇格した。講師は教授、助教授に次ぐ地位である。定員は三人。ほかの二人は十年ほど先輩だったが、診断力と手術の腕前は、いずれも冬司が抜きんでていた。もともと優秀な上に、人一倍の努力を重ねてきたのだから、当然と言えば当然だ。

彼はだれもが認める消化器外科医局の若きエースだった。

＊

わたしは努力を信じている。努力して手に入らないものはない。もし、手に入らないとすれば、それは努力が足りないのだ。

どんなものでも、手に入るまで努力すれば必ず手に入る。トートロジーめくが、冬司もそう思っていたにちがいない。

しかし、やまない雨がないように、勝ち続ける勝負もない。

＊

四年後の平成四年、医局の教授が定年で退官を迎えた。新教授には、助教授が順当に選ばれた。その少し前、二人の先輩講師がそれぞれ関連病院に外科部長として赴任していた。だから冬司は講師の先任で、当然、助教授に昇格すると思われた。

ところが、新教授は冬司よりあとで講師になった医師を助教授に抜擢した。理由は冬司より年次が上ということだ。年功序列。外科医としての技量は、明らかに冬司のほうが上なのに。

新教授の旧弊なやり方に失望し、冬司は大学を去る決意をした。プライドを傷つけられてまで、医局にしがみつくほど冬司は弱腰ではなかった。

京都を離れた冬司は原村にもどり、土岐記念病院に就職して、翌年、四十一歳で院長になった。それからの彼の活躍ぶりは超人的なほどだった。大学の医局を見返す思いもあったのだろう。

消化器がんが専門の彼は、土岐記念病院を全国で有数のがん医療センターに変貌させた。彼はどんなに末期のがんの患者でも受け入れ、治療した。ほかの病院でもう治療法がないと言われた患者が、大勢、冬司の元に集まった。土岐記念病院に行けば治療してもらえる。そんな評判が広がり、患者は県外からもやってきた。

冬司の活躍はメディアでも注目され、新聞にも取り上げられた。平成六年十月三日付の報日新聞には、「フロンティア」欄に写真入りの大きな記事が出た。院長になった翌年のことだ。見出しは『希望はすべての患者さんに』。冬司は決して治療をあきらめない医師として、大々的に紹介された。

インタビューに答えて、彼は積極的な医療の重要性を強調した。

「がん医療において、治療しないほうがいいなんてことはあり得ない。治療の余地がないなどというのは、医師の怠慢、敵前逃亡にも匹敵《ひってき》する罪悪です」

冬司の主張に拍手を送った患者や家族は多いだろう。その前年に、有名なアナウンサーが徹底したがん治療で余命を縮め、悲惨な最期を遂げたため、がんの治療はやりすぎると怖いという風潮が広がりはじめていたころだ。しかし、冬司はそれをきっぱりと否定した。

「上手にやれば、治療が余命を縮めることなどあり得ません。どんな状況でも、打つ手は必ずあるのです」

新聞の影響力は絶大で、患者が全国から殺到した。それだけ治療を断られる患者が多かったということだ。冬司は治療に消極的な医師たちに憤りながら、ますます使命感に燃えた。週刊誌のグラビアページに紹介されたときには、胸を張ってこう言った。

「土岐記念病院は、がん患者の最後の希望の砦《とりで》です」

ある日、病院からもどった冬司が、わたしに言った。

「京大病院から、進行した総胆管《そうたんかん》がんの患者が紹介されてきたよ。肝臓と膵臓《すいぞう》に転移しているので、教授が手術不能と言ったら、患者はどうしても手術を受けたいと言い張ったらしい。この手術ができるのは日本で僕だけだろうということになって、よろしくお願いすると言ってきた」

冬司は意気揚々としていた。当然だ。自分を冷遇した教授が、こちらの実力を認め、頭を下げてきたのだから。

その手術は十三時間の大手術になった。輸血も二十六パックを数え、全身の血液が二回入れ替わったも同然だったらしい。摘出した臓器は、総胆管、肝臓の左半分、胆のう、膵臓の右半分、胃の下部三分の二と十二指腸、脾臓《ひぞう》、周辺のリンパ節で、総重量は八キロにもなったという。手術は成功し、冬司は手術室の外で待つ患者の家族に、誇らしげに説明した。

「がんはすべて切除しました」

「ありがとうございます。先生は命の恩人です」

集まった家族は冬司の手を取り、涙を流して喜んだ。

残念ながら、この患者は意識を取りもどすことなく、手術の一週間後に亡くなった。がんは切除できたが、体力がもたなかったのだ。悲しいけれど仕方がない。がんをすべて取り除いてほしいと望んだのは、患者のほうだ。

患者が亡くなったあと、家族はじっと悲しみに堪《た》えていた。こんなことになるなら手術など受けなければよかったと、嘆く家族はいなかった。患者も家族も手術に賭けたのだ。冬司はベストを尽くし、術後管理にも最善の努力を傾けたが、患者を救うことはできなかった。

結果が悪かったからといって、医者を非難するのはお門ちがいだ。

ほかにも手術が原因で亡くなった患者は少なからずいた。転移のあるがんは手術すべきでないと言う医師もいたが、冬司は転移があろうがなかろうが、すべてのがんは手術で取るべきだと主張した。なぜなら、がんは放っておけば、必ず患者を死なせるのだから。

手術後に再発する患者や、手術が引き金となってがんが増悪《ぞうあく》する患者もいたが、それでも冬司は考えを変えなかった。彼は常々言っていた。

「手術が終わった直後は、患者はがんが取り除かれたと思える。それに勝る喜びはない。生きる希望が与えられるのだから」

＊

もちろん、手術ですべてのがんが治るわけではない。目に見えるがんを全部取っても、細胞レベルで残っていると、いずれ再発する。それは仕方がない。見えないものは取れないのだから。

しかし、目に見えるがんがすべてということもあり得る。それなら手術でがんは根治できるのだ。

*

手術のあとは強力な抗がん剤の治療を行った。細胞レベルで残っているがんを叩くためだ。抗がん剤は副作用が強く、食事がまったくできなくなった者も少なくない。そんな患者には中心静脈栄養のカテーテルを入れた。鎖骨の下の太い静脈から行う点滴で、高濃度のブドウ糖を入れることができる。

冬司は余裕の笑みを浮かべて説明した。

「これさえあれば、絶食でも栄養は十分に補えます。だから心配しないで」

それでも苦しがる患者には、こう言って励ました。

「あなたが苦しいということは、がんも苦しんでいるということです。ここで負けたら終わりです。頑張りましょう」

不本意ながら離れた大学を見返すために、彼が目指したのはがんの撲滅《ぼくめつ》だった。がんの発生をゼロにすることはできないが、がん死をゼロにすることはできる。早期発見・早期治療をすればいいのだ。

冬司はがんの徹底治療を進めるのと並行して、がん検診の普及に努《つと》めた。院長になった二年後、病院に検診センターを新設して、地域の人々が検診を受けやすいようにした。

土岐記念病院には、当時、八人の医師がいたが、みんな冬司の方針に賛成してくれた。彼らの協力を得て、冬司はがんの撲滅に向けていっそう検診を充実させた。一般に推奨されていたのは、肺がん、胃がん、大腸がん、乳がん、子宮がんの五種だが、そんなものでは足りない。あらゆるがんを早期発見しなければ、がん死をゼロにはできないと、冬司は考えていた。


「がんで死にたくなければ検診を」

このシンプルなキャッチコピーを、冬司は講演会や自治体の広報誌で繰り返した。効果は抜群で、土岐記念病院でがん検診を受ける人が急増した。がんは早く見つけて、早く切る。それががん撲滅の最短・最善の方策だと、冬司は信じていた。

がん検診だけでなく、一般的な健康診断や人間ドックにも熱心に取り組んだ。検査結果に少しでも異常があれば、徹底的に原因を究明する。患者には厳格な健康管理を指導し、生活習慣も改めさせる。禁煙、節酒、カロリー制限、塩分制限、肥満防止、栄養のバランス、合成着色料や保存料の排除、消費期限の厳守、間食と夜食の禁止、十分な睡眠と適度な運動、ストレス回避、アレルギー体質の改善。すべてを徹底させ、維持させる。それが患者に対する冬司の熱い思いだった。

しかし、がん検診や人間ドックもよいことばかりではない。検査による放射線の被《ひ》曝《ばく》で、がんが発生することもある。

胃がん検診は胃カメラでもできるが、悪性度の高いスキルス胃がんは、胃カメラでは見つけにくい。バリウムを飲む胃透視なら見つけられるが、大量の放射線を浴びるので、繰り返すと発がんの危険性が高まる。どちらを選ぶべきか。

冬司は胃透視を推奨した。万一、検査でがんになっても、きちんと検診を受けていれば、早期発見できるからだ。同様に被曝量の多い大腸がんの注腸検査や、乳がんのマンモグラフィーも受けるべきだと主張した。検査被曝でがんになることを恐れ、検診を受けずにいると、見つかったときには手遅れになる危険性があるのだから。

土岐記念病院の検診センターは、どのセンターより基準を厳しくしたので、開設翌年の平成八年のがんの発見率は、全国一位だった。当然、すべて精密検査をした上で、疑わしきは手術で切除した。検診でがんが見つかるたび、冬司は自分の正しさを確信した。当然だろう。検診で見つけなければ、その患者はがんで死んでいた可能性が高いからだ。多くの患者が手術を受け、がんの危険から解放されて冬司に感謝した。

＊

医師会には、冬司の指導を厳しすぎると批判する医師もいた。しかし、そんな甘っちょろいことを言って、ほんとうに患者の健康が守れるのか。

何としても患者を救いたい。それが冬司のやむにやまれぬ思いだった。患者にとって、これほど頼もしい医師はいないだろう。

＊

がん検診は、むろん、冬司もわたしも受けていた。一般に推奨される五種だけでなく、あらゆる臓器を徹底的に調べた。年に一度では検診を受けた直後にがんになった場合、手遅れになるので、半年ごとに受けた。

ところがあるとき、四ヵ月前のがん検診で異常がなかった患者に、進行した大腸がんが見つかった。冬司はショックを受け、わたしたちの検診を三ヵ月ごとにするように変えた。すなわち年四回だ。これだけ周到にすれば、いくら進行の早いがんでも大丈夫だろう。

医療はやればやるほどよい。それが冬司の信念だ。もちろん、わたしにも異存はない。

いや、どんな医療でもよいわけではない。正当な医学的根拠に基づく医療でなければならない。当たり前と思われるかもしれないが、世の中には根拠のないまやかしの医療もあるのだ。

冬司から岡谷《おかや》市に新しくできた「十条《じゆうじよう》クリニック」の話を聞かされたとき、信じられない思いだった。〝がん免疫強化療法〟と称して、とんでもないインチキ治療をやっていたのだ。

そのクリニックでは、まず患者の血液から免疫細胞のリンパ球を取り出し、二週間ほどかけて千倍に培養し、ふたたび患者にもどして、がんを攻撃させるという治療をやっていた。自分の免疫細胞だから、拒絶反応もなく、副作用もまったくないというのがウリらしい。

冬司は十条クリニックの宣伝チラシを見て、言下に否定した。

「机上《きじょう》の空論だ。効果などあるはずがない」

ところが、その治療でがんが治ったとか、転移が消えたという患者の話が伝わってきた。インターネットでも盛んに宣伝しているようで、治療によって消えた胃がんや、肝転移の画像が掲載されていた。土岐記念病院の患者からも、〝がん免疫強化療法〟は受けられないのかと聞かれるようになった。

「あんなものデタラメもいいところだ。だまされちゃいけない」

冬司は懸命に説得したが、患者はなかなか納得しなかった。

インターネットの画像は、併用した抗がん剤や放射線治療でよくなったのであって、免疫強化療法が効いたわけではない。冬司はそう言っていた。しかし、一般人には〝がん免疫強化療法〟の効果に見える。おかげで、治療法がないと言われたがん患者が、全国から十条クリニックに押し寄せた。

「この治療は自由診療だから、一クールが百万円以上もする。それを四クール受けさせるから、多くの患者は効果もない治療に大金を取られることになる。患者の苦境につけこんで、悪辣な金儲《かねもう》けをするのは許せない」

正義感の強い冬司は、十条クリニックに直談判《じかだんぱん》に行くと言いだした。

話し合いにはわたしも同行した。

十条院長はまだ三十代の若さで、口ひげを生《は》やし、もみあげを伸ばした胡散臭《うさんくさ》い風貌だった。冬司のこともよく知っていると言い、院長室に迎え入れるなり、愛想のいい笑顔を向けた。

「お目にかかれて光栄です。お互い、大学病院などで見捨てられたがん患者を治療している点では共感できますな」

冬司はそれを無視して、〝がん免疫強化療法〟の治験データを見せてほしいと求めた。十条は余裕の笑みで英語の論文を何本か冬司の前に並べた。冬司はざっと目を通して言った。

「これはアメリカで行われた基礎研究の論文でしょう。臨床応用の根拠にはならない」

「だから、自由診療ではじめたのですよ。厚生省の認可など待っていたら、いつのことになるかわかりませんからね」

冬司はそれがきわめて不当であることを、厳しく言い立てた。十条は薄笑いを浮かべて聞いていた。おそらくは確信犯なのだろう。冬司の正論的批判は、痛くも痒《かゆ》くもないようだった。

冬司に言うだけ言わせると、十条はおもむろに身を乗り出して言った。

「私どものクリニックに来る患者さんは、みなさん、ほかの病院で治療の余地がないと言われた人たちです。土岐先生もいつか、新聞のインタビューでおっしゃってましたね。どんな状況でも、打つ手は必ずあると。大いに共感しました。だから、私は自らの信じるところに従って、免疫強化療法をやっているのです。免疫強化療法はがん患者の最後の希望の砦なのです」

「欺瞞だ！」

思わず冬司が叫んだ。かつて週刊誌に紹介されたときに言った神聖な言葉を、汚されたように感じたのだろう。

「そんな贋物の希望を与えて、患者をだますことは断じて許せない。患者には本物の希望を与えるべきだ」

冬司が強弁すると、十条は口元を歪めて反問した。

「本物の希望とは何です」

「医学的な根拠に基《もと》づいた正当な治療だ」

「それをやれば、どの患者もみんな助かるのですか」

冬司は答えに詰まる。助からない患者も少なくないからだ。十条は皮肉っぽい笑みを浮かべて言った。

「医学的な根拠と言っても、たかだか統計的な有意差を見る程度でしょう。正当な治療をしても、助からないものは助からない。従来の治療で助からない患者が多いから、有望な新療法に期待するのじゃありませんか。そのほうがよっぽど本物の希望に近い」

「詭弁《きべん》だ。ペテン師め」

冬司は怒りに青ざめた頬で言った。十条も顔色を変える。冬司はさらに言い募った。

「患者の弱みにつけこんで、インチキ治療で大金を奪い取ることは許せない。良心が痛まないのか。それでも医者か。恥を知れ」

「それ以上、侮辱《ぶじょく》すると名誉毀損《きそん》で訴えますよ」

三白眼の目で冷ややかに凄《すご》んだ。ヤクザの物腰だった。わたしは危険を感じて、辞去するよう冬司を促した。

冬司はその足で岡谷市の医師会に直行した。十条クリニックのインチキ治療を告発し、医師会として厳しい対応をしてもらうためだ。ところが、医師会の反応は冷淡だった。

無理もない。冬司は医師会に属しておらず、逆に十条は医師会に入るときに、一千万円の寄付をしたらしいのだ。

冬司が医師会に入らなかったのは、そのレベルの低さに我慢がならなかったからだ。

京都から原村にもどった当初、一度会合に参加し、げんなりして帰ってきた。

「医師の集まりなのに、話題は金儲けと酒と女の話ばかりだ。低俗にもほどがある」

その後、冬司の患者指導を批判する医師会員もいて、冬司はさらに医師会を毛嫌いするようになった。

「医師会が僕の患者指導を批判するのは、自分たちが自堕落な生活を送っているからだ。率先垂範《そっせんすいはん》すべき医師が、煙草を吸い、毎晩酒を飲み、みっともなく肥満して、自ら検診をおろそかにしている。恥ずかしいとは思わないのか」

わたしとて医師会員の妻たちとは近づきになりたくなかった。一度、厚生大臣が講演に来たとき、囲む会で同席したが、いずれも派手に着飾り、化粧も濃くて、頭の中は美食とブランド品でいっぱいというようなスノッブばかりだった。

*

医師の妻はどうあるべきか。

医師は患者さんの命を預かっているのだから、心身ともにベストの状態で仕事に打ち込めるよう、夫をしっかり支えるのが務めだろう。そうなると、言いたいことも言えなくなる。つまり医師の妻は、患者の犠牲にならなくてはならないということだ。

＊

わたしは医師の妻として、果たすべき役割をしているつもりだった。冬司が心おきなく医療に没頭できるよう、体調管理から精神面のサポートにも気を配った。疲れて帰ってきたら、食事でも風呂でもすぐに用意し、栄養のバランスと摂取カロリーも考え、タオルもパジャマもいつも清潔なものを用意し、ベッドも気持よく休めるように整えた。

冬司の話にはしっかりと耳を傾け、相づちを打ち、苦労をねぎらい、同意する。治療がうまくいかないときには、慰め、励まし、勇気づける。だめな職員や、言うことを聞かない患者がいたら、冬司の味方になって罵倒《ばとう》する。冬司がどんな反応を求めているかを敏感に察知し、さりげなく応える。わたしには簡単なことだった。だてに京大の法学部を出たわけじゃない。

わたしがこれほど献身的に夫を支えるのは、心から彼を愛していたからだ。

しかし、冬司はどうだったろう。わたしのことをどう思っていたのか。

彼は何も言わない。ありがとうとも、嬉しいとも、愛しているとも。わたしは不安になって、訊ねた。

「わたしは医師の妻として、何か欠けていることがあるのじゃないかしら」

もちろんそうは思っていない。自分を完璧な妻だと思っている。わざとそう聞いたのは、否定して、逆に、僕には何か欠けていないかと聞いてほしかったからだ。そう聞いてくれたら、うまく伝えられたかもしれない。

彼に欠けていたのはセックスだ。

子どもが生まれたあとは、しばらく遠ざかるのがふつうだろう。信介が生まれたあとはそうだった。しかし、一年ほどするとまたはじまり、しばらくして佑介を授かった。それと前後して、冬司は大学にもどり、研究とアルバイトの生活に入った。研究は多忙を極め、博士号の論文で徹夜することも再々だった。疲労と心身のストレスで、その気にならないのは仕方がないと思っていた。わたし自身、それほど欲求が強いわけではない。

しかし、ゼロでは淋しかった。といって、女には外で性欲を処理するような店もなく、ホストクラブは恐ろしくて近づけなかった。

欲望が高まれば、夫に求めるしかない。しかし、自分から言いだすわけにはいかない。そんな恥ずかしいことをするくらいなら、何もしないほうがましだ。

わたしは読書で欲求を紛らわせようとした。フランス文学が好きなわたしは、『ボヴァリー夫人』や『クレーヴの奥方』、『ドルジェル伯の舞踏会』などを読み、よけいに欲求と妄想を強めてしまった。

どうにもならない欲動を解消するため、こっそり通販で女性用の性具を取り寄せた。

見た目も上品なバイブレーター。それが思いの外、快感を与えてくれた。しかし、自慰はやはり虚しい。夫に抱かれたい。冬司をその気にさせるため、わたしはあれこれ戦略を練った。春画本の広告が出ている新聞をさりげなく広げたり、官能的な週刊誌のグラビアを目につくところに置いたりした。効果はなかった。

通販でセクシーな下着を取り寄せたりもした。冬司のいないとき、わたしは自分の裸身を鏡に映してみた。やせて乾いた皮膚、飛び出た鎖骨、胸は垂れ、ウエストのくびれも不明瞭《ふめいりょう》だ。後ろ姿を見て、わたしは驚愕した。尻と太股《ふともも》の間に、皺が寄っていたのだ。セクシー下着などとても着けられない。このまま女として枯《か》れていくのか。わたしは四十三歳にして、すでに老婆になってしまったのか。

＊

人生においては、今がもっとも若く、同時にもっとも老いている。嘆きも悩みも相対的なものだ。くだらない嘆きは、大きな問題の前ではかき消されてしまう。

＊

わたしは焦りと不安に襲われたが、知力でそれを抑えようとした。

冬司は、日々、病院でたいへんな仕事をしているのだ。妻であるわたしが、邪魔をしてはいけない。心身のストレスで、彼がその気にならないのは当然だ。セックスなど、体力と時間の無駄と考えているのだろう。そんなことをするより、クラシック音楽を聴くとか、名画のＤＶＤを観るほうが、よほどリラックスできるにちがいない。

冬司はそういう男性なのだ。わたしはそう思い込もうとした。

ところが、わたしは冬司が看護婦の部屋で、外泊したのを知った。

その日、冬司は手術後の患者の状態が思わしくないから、病院に泊まると連絡してきた。別に珍しいことではない。責任感の強い冬司は、自分が手術をした患者が重症になったとき、よく病院に泊まり込んだ。

そのころ、わたしは次男の佑介の勉強のことで悩んでいた。地元の高校二年生で、成績が今ひとつ振るわない。このままでは医学部には入れない。兄の信介は優秀で、父親と同じく灘中、灘高と進み、昨年、阪大《はんだい》の医学部に合格していた。

その晩、佑介は暗い顔でわたしに言った。

「医学部に行きたくない」

わたしはどうしようかと悩み、取りあえず冬司に相談しようと思った。院長室の直通電話にかけたが、つながらなかった。事務当直に電話すると、院長は夕方帰ったと言われた。

わたしの中で疑念が広がった。

事務当直がかんちがいしているのかもしれない。念のため、わたしは十一時すぎにもう一度、院長室に直通の電話をかけた。つながらない。病棟で患者を診ているのか。わたしはじっとしておれず、自分の車で病院に行った。院長室には鍵がかかっていた。


翌日、帰宅した冬司にわたしは何食わぬ顔で言った。

「昨夜はたいへんでしたね。お疲れさま」

「ああ、直腸がんの患者が、腸閉塞《ちょうへいそく》を起こしかけてね」

「緊急手術になったのですか」

「いや、幸いガスが出て、事なきを得たよ」

わたしは悲しかった。バレているとも知らずに、嘘をつく男ほど哀れなものはない。

「よかったですね。で、あなたは昨夜、どこで泊まったの」

冬司の顔から表情が消えた。頭の中で困惑と動揺が渦巻いているのが見えるようだった。わたしはさらに追い打ちをかけた。

「あなたを見たという人が、電話で教えてくれたの」

「まさか。どこで見たというんだ」

語るに落ちた。電話で教えてもらったというのは嘘だ。病院にいたのなら、そんなはずはないと頭から否定しなければならない。見られたら困る場所にいたから、どこで、と焦ったのだ。


あとは黙って冬司を見つめるだけでよかった。嘘をつき慣れない彼は、観念したように白状した。

「悪かった。実は手術部の看護婦から相談に乗ってほしいと頼まれて、食事をしながら話を聞いたんだ。そしたら彼女はひどく飲みすぎて、送っていかざるを得なくなった。マンションの部屋まで連れて行ったが、泥酔状態だったので、しばらくようすを見ていたんだ。でも、それだけだ。決して後ろめたいことはしていない」

簡単には白状しないだろう。わたしは優位を保ちながら責めた。

「重症患者がいたのに、病院を離れたんですか」

「いや、前から相談を頼まれてたんだ」

「じゃあ、昨日、患者の状態が思わしくないから泊まると言ったのも嘘なのね」

「申し訳ない」

「相談の内容は？」

「恋愛相談だ。病院の医師を好きになって、うまくいかなくて」

「相手はだれです」

「それは、その……」

わたしは病院の医師をすべて知っている。だれかの名前を出せば、ウラを取られる可能性があると気づいた冬司が、言葉に詰まるのも無理はない。

「もういいです。でも、ほんとうに後ろめたいことはないのね」

「それは、誓って」

「わかりました。じゃあ、今から相手の女のところに確かめに行きます。向かっている間に、口裏合わせをされたら困るから、あなたもいっしょに来て」

冬司は絶句し、肩を落として降参した。

「院長の僕がそんなことできるわけがない。すまない。僕が悪かった。ほんの出来心なんだ。どうか許してくれ」

＊

わたしは裏切られた。深い心の傷を負った。

つらく、悲しく、惨《みじ》めな気持。いくら相手を責めても足りない。どんな罵詈雑言《ばりぞうごん》をぶつけても納得できない。どれほど憤っても、相手はただじっと耐えるしかないはずだ。

それでわたしは知った。被害者ほど、強い立場はない。

＊

医師の妻として、わたしがどれだけ努力し、献身的に尽くしてきたかを一晩中、言い募った。冬司はうなだれて聞いていた。申し訳ない、すまない、悪かったを繰り返す。わたしの声が尖《とが》る。

「それしか言えないの」

セリフを封じられて、冬司は沈黙する。

「黙ってないで、何とか言ったらどうなの」

冬司は悶絶《もんぜつ》する。逆ギレする手前で抜け道を用意する。

「ほんとうに悪いと思ってるの。心から反省しているの？」

「それはもう、まちがいなく」

「わたしはあなたを尊敬し、幸福な家庭を与えてくれたことに感謝し、あなたと暮らすことに幸せを感じていたの。あなたが全身全霊で医療に打ち込んでいると思えばこそ、あれこれ気を遣い、いろいろ考え、言いたいことも言わず、精いっぱい内助《ないじょ》の功《こう》に努めてきたのよ」

「わかってる」

「じゃあ、どうして裏切るようなことをしたの！」

平手で机を打つ。冬司は反論できない。手足をもがれた虫も同然だ。ふたたび言葉で嬲《なぶ》る。

「わたしが毎日、どんな思いでいたか知ってるの。あなたの仕事がうまくいくように、一人でも多くの患者さんが治るように、病院が発展するようにと願い、心を砕《くだ》いてきたの。病院で医療ミスが起こらないか、患者が理不尽な苦情を言わないか、職員が不平を洩らさないか、いつも気にかけ、心配してきたの。少しでもあなたの負担が少なくなるように、あなたが楽になるようにと思って」

「……そうだったのか」

「そんなこともわからなかったの。あまりに身勝手じゃない。わたしのことなんか、こっから先も考えてなかったのね」

「いや、考えていたさ。感謝してた」

「じゃあ、どうしてわたしを悲しませるようなことをしたの」

沈黙。がんじがらめ。わたしは自分の言葉に煽《あお》られ、涙声になる。

「ひとりで家で待っているとき、どれだけ淋しい思いをしてたかわかる？　でも、我慢してた。あなたは病院で一生懸命、患者さんのために働いているのだから、わたしも我が儘を言っちゃいけない。我慢しなきゃいけないと自分に言い聞かせてた。でも、つらくて、淋しくて、たまらなかった。わたしの言いたいことがわかる？　何を苦しんでいたかわかる？　わたしも生身の女なのよ」

「ほんとうに悪かった。許してくれ」

わたしを抱きしめようとする。

「触らないで。汚らわしい」

筋書き通り。わたしは怒りを露わにする。怯《ひる》む冬司をさらにいたぶる。

「あなた、自分が何をしたかわかってるの。よその女に触れた手で、わたしの身体に触らないで。その両腕を切り落としてやりたいくらいよ」

にらみつけても、冬司は目を伏せるばかりだ。

そのとき、わたしは気づいた。身体が火照《ほて》っている。冬司を責め苛《さいな》むことで、わたしは性的な快感を得ていたのだ。

冬司がほんの出来心だったと言ったのは、ほんとうだろう。ふだんの彼を見ていればわかる。わたしは激しく怒りながら、怒る自分を演じているのを感じた。圧倒的に強い立場で、夫を自由に責めるのは、ありきたりなセックスなどより、よほどよかった。

＊

これは異常な状況だったかもしれない。家の中はぎすぎすし、笑顔もなくなった。わたしは常に不機嫌で、傷ついた自分を前面に押し出していた。冬司はじっと耐えるしかない。逆ギレしそうになると、手綱《たづな》を緩める。一人の人間を、生かさず殺さずの状態に置くことに、これほどの淫靡《いんび》な快感があるとは知らなかった。しかも相手は自分の夫で、優秀で立派な医師だ。

だから、わたしはアンビヴァレントな気持で冬司を愛していた。あれほどわたしを苦しめた性的欲求は、すっかりなりをひそめた。

＊

家庭は歪《いびつ》な状況だったが、次男の佑介は何とか気持を持ち直し、平成十一年の三月に東京の私立大学医学部に合格した。浪人すれば国立大学に受かる可能性は十分あったが、佑介にその気はないらしかった。兄の信介は、わたしや冬司に似て素直な性格だったが、佑介はだれに似たのか、ともすれば虚無に走りがちだった。両親と兄が優秀すぎたので、それが負担になったのだろうか。

病院では、冬司が従来通りの医療を続けていた。土岐記念病院には、相変わらずほかで治療法がないと言われたがん患者が多く集まった。冬司が批判した〝がん免疫強化療法〟の十条クリニックは、院長が脱税容疑で逮捕されて、その年の末に閉院した。その前から治療成績のねつ造や、患者とのトラブルが問題になり、患者数は激減していたのだ。

「やっぱり贋物の希望はだめなんだ」

冬司はうそぶいたが、十条クリニック閉院の裏には、多少の経緯があった。そのころはじまった「2ちゃんねる」という電子掲示板サイトに、わたしが〝がん免疫強化療法〟はインチキであると書き込んだのだ。スレッドの立ち上げは、パソコンに詳しい友人のご主人にやってもらった。このサイトに、十条クリニックで治療を受け、高い治療費を取られただけでがんが治らなかった患者やその遺族が、いっせいに苦情を書き込んだ。それが口コミで広がり、患者とのトラブルや患者数の激減につながったのだ。

冬司自身は進行がんであろうが、転移があろうが、目に見えるがんは切除するという方針を変えず、ほかの病院で手術不能と判断された患者を受け入れ続けた。手術で命を落とす患者もないではないが、多くは無事に手術を終え、退院することができた。再発して再入院する患者もいたが、がんを完全に取り切って、治癒《ちゆ》する患者もいた。

医師としての冬司には、揺るぎない信念があった。わたしはそんな冬司を誇りに思っていた。

冬司の活躍は、テレビでも紹介された。

直腸がんが肝臓と肺に転移した広島県の患者が、九ヵ所もの病院で手術はできないと言われた挙げ句、インターネットで冬司のことを知って、手術を依頼してきたのだ。もちろん、冬司は受け入れた。手術は八時間にも及んだが、無事、がんを切除することができた。患者は笑顔で退院した。冬司はヒーロー扱いだった。わたしも鼻が高かった。テレビで紹介されたのはそこまでだ。

その患者は二ヵ月後に、がん性腹膜炎になって、三週間後に亡くなったが、それが世間に伝えられることはなかった。

テレビに出ると講演の依頼が増える。わたしは冬司の講演を聴くのが好きだった。一般の客にまぎれて、客席の真ん中あたりに座る。冬司が壇上で熱く語るのを見るのは気持がいい。聴衆は彼を救世主のように見て、熱心に耳を傾け、拍手を送る。

しかし、いつも成功裏に終わるわけではなかった。

波乱は平成十二年の二月、長野県飯田《いいだ》市の市民会館で開かれた講演会で起きた。講演後の質疑応答で、医師が質問に立ったのだ。

「がんの放置療法について、土岐先生はどうお考えですか」

がんの放置療法とは、手術や抗がん剤の弊害を過大視して、がんは経過観察するだけでいいというものだ。少し前から一部の医師が主張しはじめたが、冬司によれば、医学的な根拠はまったくないらしかった。

「放置療法は言語道断。医師にあるまじき怠慢です」

冬司はきっぱりと否定した。当然だろう。この日の講演でも、彼はがんは徹底的に治療すべきだと主張していたのだから。


「しかし、実際、抗がん剤の副作用で命を縮める患者や、手術で命を落とす患者もいるのではないですか」

質問した医師は食い下がった。冬司は冷静に答えた。

「だからと言って、がんが進行するのを放置するわけにはいきません。がんは少しでも早く見つけて、できるだけ大きく切除するのが、もっとも確実な治療法です」

「早期がんで見つかっても、助からない患者がいるのはなぜでしょう」

「悪性度の強いがんがあるからでしょう」

「進行がんでも助かる人がいるのは？」

「悪性度の弱いがんだということです」

「がんには、悪性度の強いものと弱いものがあるということですね。悪性度の強いものは、見つかった時点で細胞レベルの転移をしている可能性が高く、治療が引き金となって病勢が悪化することが多いので、治療は有害。悪性度の弱いものは、命に関わる可能性が低いので、治療の必要性も低い。いずれの場合も、放置療法でよいということではありませんか」

質問者は卑怯にも、理論武装をしていたのだ。わたしは質問している医師をにらみつけた。眼鏡をかけた半白髪の知的な風貌の男性だった。

「それは仮説にすぎない」

冬司が否定すると、質問者はすかさず反論した。

「がんはすべて切除すべきだというのも、仮説ではないですか」

「馬鹿な」

冬司は一笑《いっしょう》に付したが、質問者は怯むことなく続けた。

「乳がんの手術をご覧なさい。以前はほぼ全例、拡大手術が行われてきた。しかし、アメリカの研究調査で、拡大手術でも温存手術でも、死亡率に差がないことが証明され、今は温存手術が増えつつある。すなわち、乳がんに拡大手術が必要というのは、根拠のない仮説だったのです。同じことが、ほかのがんにも言えませんか」

冬司は口をつぐんだまま、反論できない。

「それから、もうひとつ」と、質問者はさらに追い打ちをかけた。

「外科医は手術でがん患者の命を救ったと言いますが、それは事実でしょうか。手術をしなければ、その患者が死んだという証拠がないかぎり、事実とは言い切れないでしょう。先ほど先生がおっしゃった悪性度の弱いがんは、放置しても命に関わらない可能性が高いのだから、もともと死なない患者に手術をして、自分たちが救ったと言っているのではありませんか」

卑怯な言いがかりだ。手術で助かった患者が、手術をしなければ死んでいたなどと、論理的に証明できない。すでに手術はしてしまっているのだから。

さらに、それを確かめるために、がんの患者を手術せずに観察することも許されない。

冬司は壇上で歯を食いしばっていた。わたしは焦《じ》れったかった。なぜ、反論しないのか。がんを放っておいたら、患者は死ぬに決まっているじゃないか。

質問者は、まるでわたしの思いを見透かしたように冬司を牽制《けんせい》した。

「がんを放っておいたら死ぬに決まっていると、多くの人は思っているでしょうが、我々医師はそうは思いませんね。高齢であったり、合併症があったりで、治療できないがんの患者が、何年も死なずにいる症例を少なからず経験していますから」

たしかに、そういう例は土岐記念病院でもあった。副作用を嫌って自ら治療を拒否した患者が死ななかったり、手術の説明を聞いて恐れをなし、自己退院した患者が、そのまま生きていたりする。それを知っているから、冬司は何も言えない。

「さらに、これは私の年来の疑問なのですが、がんの診断に必須の生検《せいけん》が、転移を引き起こす危険はないのでしょうか」

生検とは腫瘍の一部を切り取って、その細胞を顕微鏡で見る診断法だ。生検でがん細胞が証明されて、はじめて診断が確定する。切り取り方は鉗子《かんし》でちぎるか、針で吸い取るかが多い。

「がんの転移は、原発巣《げんぱつそう》から細胞が剝がれて、血液中に混入することで起こります。

生検も、当然、がん細胞は剝がれるし、出血すれば血液中に混入することもあるのじゃないですか」

会場がざわつく。がんの検査が転移を引き起こすとすれば、そんな恐ろしいことはない。冬司は何とか劣勢を挽回《ばんかい》しようと、言い返す。

「生検は多くの患者で行われているが、すべてが転移するわけじゃない」

質問者は余裕の表情で反論する。

「通常の転移も、原発巣から剝がれたがん細胞の九十パーセント以上が、臓器にたどり着けず、死んでしまうという研究があります。この確率は、胃がんの早期がんの治癒率と一致します。すなわち、早期がんなのに転移する十パーセントの患者は、生検によって転移が引き起こされたのではないでしょうか」

何という恐ろしいこと。早期の胃がんは、生検をすると十人に一人がそのために転移して命を落とすというのか。

冬司がハンカチを取り出し、額の汗を拭った。会場のざわめきがさらに高まる。このままでは講演会がたいへんなことになる。

「ちょっと待ってください」

わたしは思わず立ち上がって発言を求めた。会場係がマイクを持ってきてくれる。

「今、おっしゃったことは、医学的に証明されているのですか。もし、そうでないなら、そんな不穏当な仮説を広めるのは、医師として道義に反するのではありませんか」

質問者の医師は、気勢をそがれたようにわたしを見た。相手が口を開く前に、わたしはさらに強い口調で諫《いさ》めた。

「医師の務めは患者に希望を与えることではないのですか。証明もされていないのに、徒に世間を不安に陥れるような情報を弄《もてあそ》ぶのは、悪趣味かつ不道徳としか言いようがありません。わたしは土岐先生がおっしゃったように、がん検診を信じていますし、がんになったら、徹底的に治療をしてもらおうと思っています。がんになって、治療もせずに放置するなんて、わたしにはとてもできません」

会場のあちこちでうなずく顔が見えた。質問者が反論した。

「先ほど申し上げた通り、がんはすべて治療すべきだというのも仮説なんですよ」

「だからと言って、がんになっても放っておけと言うんですか」

あり得ないという雰囲気が会場に広がる。質問者の医師は、何とか形勢を挽回しようと声を高める。

「がんには、まだわからないことがたくさんあるんです。過剰医療で被害を蒙《こうむ》る人が少なくないから……」

「わからないことがたくさんあるなら、安全を優先して治療すべきじゃないですか。放っておけば死ぬ危険性が高いのだから」

会場内にうなずく顔が増える。今度は質問者が口をつぐむ番だった。わたしはさらに言い募った。

「がんの放置療法は、はじめから治療をあきらめる敗北主義でしょう。それが世間に広まったら、治療で助かる患者も治療を受けなくなる。それで亡くなったら、あなたは責任を取れるのですか。無責任に放置療法を勧める医師は、患者が助かるチャンスを奪っているのも同然ですよ」

会場から拍手が湧き、わたしの意見に賛成する空気が全体を支配した。質問者の医師は何とか反論しかけたが、司会者が割って入った。

「そろそろ時間ですので、これで質疑応答を終わらせていただきます」

壇上で冬司が一礼すると、大きな拍手が起こり、質問者の存在はかき消されてしまった。

帰宅してから、冬司が言った。

「今日はありがとう。助かったよ」

「わたしは医師の妻として、当然のことをしただけです。顔も知られていないから、あなたとの関係もわからなかったでしょうし」

＊

人生は皮肉の連続だ。

そう思うのはこれ以上ない皮肉に直面したときで、決して連続して起こっているわけではない。医療という営為には、もともと皮肉が起こりやすい素地がある。よかれと思ってしたことが、裏目に出ることがしばしばなのだから。

その年の十二月に受けた検診で、冬司はスキルス性の胃がんと診断された。年に四回、検診を受けていたので、放射線を浴びすぎたのだろうか。わたしには、幸いがんは見つからなかった。

*

がんの診断はショックだったが、三ヵ月前にはなかったのだから、早期がんに決まっている。ところが、肝臓の左側に転移が見つかった。冬司はすぐに土岐記念病院で、胃の全摘術と、肝臓の左葉《さよう》切除を受けた。肝臓の転移は一つだったが、できるだけ再発しないように、部分切除ではなく拡大切除をしたのだ。

術後はすぐに濃厚な抗がん剤治療をはじめた。ふつうは二種類か三種類の組み合わせだが、冬司は点滴と飲み薬を合わせて五種類を使った。

その結果、冬司は激しい吐き気に襲われ、ひどい口内炎で食事ができなくなり、手足の痺れと連日の下痢に苦しめられた。ほぼ絶食状態になったので、冬司は鎖骨の下から中心静脈栄養のカテーテルを入れた。

あまりのつらさに、冬司は抗がん剤をやめようとした。今、冬司は手術で見えるがんをすべて取り除いたのだ。細胞レベルでがんが残っているといけないから、抗がん剤治療をしているのだ。それをやめたら、残ったがん細胞が増殖するかもしれないではないか。

だから、抗がん剤をすべてやめるのではなく、一種類か二種類だけでも続けるようにわたしは冬司を説得した。


思いの外副作用が強かったからか、冬司は弱気になりかけていた。治療をやめて、ようすを見たほうがいいような気がすると言いだした。わたしは強く反対した。

「つらいのはわかるわよ。でも、治療をやめたら放置療法と同じじゃない。それは医師にあるまじき怠慢なんでしょう。飯田市の講演会で、言いがかりみたいな質問をした医者が正しかったと認めるの？」

「そうじゃない。でも、せめて食事が摂れるようになるまで休みたいんだ」

「その間にがん細胞が増殖したらどうするの。中心静脈栄養があるから、絶食でも大丈夫なんでしょう」

冬司は返事をしない。わたしはさらに言い募る。

「わたしはあなたに治ってほしいの。治療をやめたら、死が迫ってくるのを待つだけじゃない。そんなの耐えられない。あなたは言ったじゃない。治療を続けているかぎり、患者は希望を持ち続けられるんだって。あなたが治療をやめたら、わたしは希望を失ってしまう。わたしを絶望に陥れるつもり？」

冬司は顔を歪める。

「治療が苦しいんだ。このままだと副作用で身体が弱って、余命を縮めてしまう」

「上手にやれば、治療が余命を縮めることなどあり得ないって、言ってたじゃない。自分にはそれができないの。そんなのおかしい」

わたしは頑として治療の中止を認めなかった。

その代わり、わたしはこれ以上ないほど献身的に看病に徹した。身体を拭《ふ》き、汗を拭《ぬぐ》い、口を湿し、吐き気があるときは背中をさすり、下の世話もした。冬司の身体はやせて、老人のようになっていた。口内炎はひどく痛み、吐き気と下痢も治らず、全身が耐えがたいだるさに苛まれていたようだ。

わたしは必死で励ました。

「これだけつらい思いをしてるんだから、きっとよくなる。あなたが苦しいということは、がんも苦しんでいるってことでしょう。もう少しの辛抱《しんぼう》よ。がんが消えて、また元気になれるわ」

長男の信介は医学部の五回生で、すでに医学知識は十分に持っていた。もちろん、冬司の治療を続けることには賛成だった。次男の佑介はまだ二回生で、専門的なことは勉強していない。なのによけいな口をはさんできた。

「父さんが治療をいやがってるのなら、やめたら？」

「治療をやめたら病気が悪くなるのを止められないじゃない。生半可な知識で口出ししないで」

叱りつけると、何も言わなくなった。気味の悪い薄笑いを浮かべて、傍観者のように経過を眺めるばかりだった。

わたしは冬司にできるかぎりの医療を施そうと思っていた。しかし、このまま漫然と治療を続けるだけでいいのか。治療がうまくいっているかどうか調べなければならない。ところが、冬司は検査を受けたくないと言った。

「いやな予感がするんだ」

「冗談言わないで。あなたは医師でしょう。予感だなんて、そんな非科学的なことを言ってどうするの。治療が順調かどうか、検査しないとわからないじゃないの。もしもどこかに転移していたら、早く手を打たなければならないでしょう」

冬司はしぶしぶ検査を受けることを了承した。

検査の種類はレントゲン検査とCTスキャン、MRIと超音波診断。どうせやるなら徹底的に調べたほうがいい。手術から三ヵ月後、冬司の肝臓に小さな転移が見つかった。腹腔鏡《ふくくうきょう》の検査をすると、腹膜にも白ゴマを撒いたような転移があった。

結果を聞いた冬司は落ちくぼんだ目でつぶやいた。

「ここまでだな。万事休すだ」

「あきらめちゃだめよ。まだチャンスはあるわ。転移は手術で取ればいいのよ」

「腹膜転移があるということは、がん細胞が全身に広がっているということだ。手術は無駄だ」

「全身に広がったがん細胞は、抗がん剤で叩けるんでしょう。あなた、これまで患者さんに、あきらめるな、最後まで徹底的にがんと闘えって言ってきたじゃない。なのに自分は闘いを放棄するの？」

「そのほうが、余命は延びるんだ」

「そんなこと、やってみないとわからないじゃない。闘いもせずに、どうしてそんな弱腰なことを言うの。そんなことで、これまでがんとの闘いを強《し》いてきた患者さんに申し訳が立つの？」

冬司はわたしをじっと見つめ、長い沈黙のあと、言った。

「わかった。じゃあ手術を受ける」

次は病院の医師たちの説得だった。外科医も麻酔科医も手術は危険だと言って、首を縦に振らなかった。

「それなら、このままみすみす死ぬのを待てと言うの。手術が危険なことは百も承知よ。でも、手術しなければ確実に死ぬんじゃない。もし、目に見える転移がすべてだったら、それを取れば助かるのでしょう。どうして可能性に賭けようとしないの。まだ命を救う手立てがあるのに、やる前からあきらめて、あなたたちはそれでも医者なの？」

困惑した医師たちは、最終的に院長である冬司の指示に従うと言った。冬司はかすれる声で言った。

「妻の気のすむように……、頼む」

手術は土岐記念病院の威信を賭けて行われた。手術の途中で、執刀医は外で待機しているわたしに問い合わせた。

「腹膜の転移は前より増えています。細かな転移まで切除して縫合すると、それだけで八時間以上かかりますが」

時間など関係ない。病気を治すことがすべてだ。わたしは即答した。

「全部取ってちょうだい」


手術は結局、十五時間かかった。肝臓は前回、左葉を切除しているから、今回は右葉から転移の部分だけほじくり出すような切除となって、長時間を要したのだ。

冬司は麻酔がかかったままの状態で、集中治療室に運ばれた。わたしは眠ったままの冬司に声をかけた。

「あなた、よく頑張ったわね。がんは全部取り除かれたわよ」

冬司の顔は青ざめていた。信介が不安そうに酸素マスクの流量を増やし、輸血のスピードを早めた。佑介は少し離れたところに立ち、無言で父親を見つめていた。

わたしは冬司の手を両手で握りしめて言った。

「手術は成功したのよ。早く元気になって、また大勢の患者さんを救ってあげてね」

大丈夫。冬司はきっとよくなる。わたしはそう信じた。

平成十三年、五月九日、冬司は手術から二十五日間、一度も意識を取りもどすことなく亡くなった。享年四十九。やはり土岐の一族は短命だった。

でもわたしは後悔していない。精いっぱい頑張ったのだ。これ以上、何ができよう。

冬司は自分が患者に言ったことを、すべて実践した。妥協も逃げもしなかった。ご都合主義で治療を切り上げたり、敗北主義で治療をあきらめたりもしなかった。わたしは最後の最後まで、希望を捨てずに闘った冬司を誇りに思う。

彼の言葉を思い出す。

——手術が終わった直後は、患者はがんが取り除かれたと思える。それに勝る喜びはない。生きる希望が与えられるのだから。

そう。希望の御旗は、まちがいなく絶対正義なのだ。

忌寿

取材の記者が帰ったあと、私はぐったり疲れて椅子にもたれた。

嘘はついていない。だがあの調子では、記事は事実と大きくかけ離れたものになるだろう。

八十八歳で現役の医師。それはまちがいない。しかし、健診センターの名誉職で、週一回、それも午前中だけ健康な人におざなりな問診をして、聴診器を当てるだけだ。患者を診ているのでもなければ、病気を治しているのでもない。それを〝現役の医師〟と称していいのだろうか。

たしかに、私は年齢より若く見える。白髪交《しらが》じりとはいえ、髪はフサフサしているし、皺も少ない。姿勢もいいし、足腰もしっかりしている。しかし……。

誘導尋問のような質問に答えたときの記者の反応を思い出し、私は苦々しい気持になった。

「エスカレーターを使わないで、階段を一段飛ばしで上がるんですか。すばらしいです！」

たまにそうするだけで、いつもしているわけではない。だが、記者はこれこそ記事の目玉になるといわんばかりに、嬉々《きき》としてメモパッドに入力した。

老眼鏡はかけているが、補聴器はつけていない。幸い、食欲もあるし、夜もぐっすり眠れる。

「まさに高齢者の理想ですね。これから老いを迎える予備群のみなさんは、手島《てじま》先生のようになりたいと望んでいますよ」

二〇二〇年ごろから短縮しはじめた日本人の平均寿命が、いったん七十八歳まで下がったあと、二〇四〇年からふたたび延長に転じ、八年前の二〇六〇年に、ついに九十歳を超えた。「人生九十年」とか、「本来の寿命は百二十歳」などとの文言がメディアを賑《にぎ》わし、八十歳が早死にといわれる時代になった。

「現代は長生きするだけではダメなんです。いかに元気に長生きするか。世間が求めているのはその情報なんです」

ニュー・エコスーツに身を固めた四十代半ばの記者は、私がこの歳まで現役を続けている秘密を知りたくて仕方がないようすだった。だが、それは無い物ねだりだ。私は特別な健康法を実践したり、生活習慣に気をつけたりしているわけではない。しいて言えば、無闇に健康に気を遣わず、自由気ままに生きてきたことが幸いしたのだ。

そう告げると、記者は身悶《みもだ》えするように顔を歪めた。

「それでは記事にならないんですよ。手島先生が今日《こんにち》まで元気で若々しくおられる秘《ひ》訣《けつ》というか、特別な習慣とかをうかがいたいんです」

「私はそれほど元気でもないし、若々しくもないよ。外見はそう見えるかもしれないが、実態は前立腺《ぜんりつせん》肥大と過敏性膀胱《かびんせいぼうこう》で、エルダーサポートをつける身なんだから」

エルダーサポートはニュータイプの薄型オシメだ。最近はオシメも進化して、ズボンの上からは通常の下着と見分けがつかない。防臭効果と吸湿で、洩らしてもすぐに替える必要がないのがありがたい。

さらに私は訴える。

「便通だって、毎朝、浣腸《かんちょう》をしないと出ないのに、ときどき下痢をして、ズボンを汚すこともある。それに食べるとむせるので、食事はすべてトロミをつけている。味噌汁もお茶もトロミだよ。嗅覚障害《きゅうかく》もあって、醤油《しょうゆ》とソースの区別がつかない。カレーを食べても、まったく香りがわからないんだ」

記者は苦笑いでスルーする。記事にする気はないらしい。

「でも、先生は姿勢もいいし、失礼ながら頭もしっかりしてらっしゃいます。手足の麻痺もありませんし、補聴器がなくても聞こえるし、目も老眼だけで、白内障や緑内障もございませんでしょう」

「それはないが、飛蚊症《ひぶんしょう》はあるし、耳鳴りもしょっちゅうだ。少し歩けば息が切れるし、動悸《どうき》も起こる。足の甲は浮腫《むく》んでいるし、腰も痛いし、左手の小指も痺れてる」

「それでもこうして医療の現場で仕事を続けていらっしゃるのですから、見事に老化を克服されていますよ」

記者は何が何でも、私を元気老人の見本に仕立て上げたいらしい。そういう企画なのだから仕方がない。私はため息をつき、半ば同情するように言った。

「まあ、おかげで毎朝の散歩は欠かさずやっているけどね」

「それですよ、それ。毎朝の散歩。実に健康的です。だれでもできるし、効果も抜群そうですよね。軽い運動は高血圧や糖尿病にもいいんでしょう。肥満の予防にもなるし、ストレス解消にもなりますものね。歩きながらしりとりをやったり、百から順に七を引く計算をやったりすれば、認知症の予防にもなるのでしょう」

記者は我が意を得たりとばかりに、自分で言いながらメモを取った。私の発言のように書くつもりだろう。記者には記者の立場もあるし、明らかにまちがっているわけでもないので、敢《あ》えて異を唱えることはしなかった。

…………

身体が重い。

この侘しく切ない倦怠《けんたい》感は何だ。

自分が元気老人ともてはやされるのは憂鬱《ゆううつ》だが、反面、元気でなくなることへの不安もある。私は子どもがなく、妻の貴子《たかこ》は八年前に肺がんで亡くなった。兄弟もいないので、天涯孤独だ。経済的な不安はないが、この先、いつ寝たきりになるかわからない。あるいは認知症になるかもしれない。

医師という職業柄、医療が老いと死に無力なのは承知している。心配してもはじまらないし、どんなに備えをしていても思い通りにならないことは、あまたの先輩、同僚の末路を見ても明らかだ。

そもそもこの歳まで生きるとは思っていなかった。平均寿命は今年生まれた赤ん坊の余命だから、自分には当てはまらない。私が生まれた一九八〇年の平均寿命は、男性が七十三・三五歳だった。すでに十五年も長生きしている。それがよかったのか悪かったのか。

思い出すのは五十一年前、三十七歳で亡くなった親友、土岐《とき》佑介《ゆうすけ》のことだ。

——おれはいいよ。どうせ長生きしないから。

貴子との新婚の家に招いて、おまえも早く結婚しろと勧めたとき、彼はそう言ったのだった。「長生きできない」ではなく、「しない」と、まるで自らの運命か意志であるかのような言い方だった。

佑介は大学の同級生で、神経内科を専門にしていた。代々医師の家柄で、彼で四代目だったはずだ。それなのに身内の医師はほぼ全員が早死にしていた。だから、自分も長生きしないと思ったようだが、彼はそれを恐れるでも、悲しむでもなく、むしろよいことのように受け入れていた。

理由は、長生きに対して極度に否定的な考えを抱いていたからだ。長生きは肉体的に苦しいことが多い。代々医師の一族に生まれた佑介は、長生きのつらさを早くから実感していたのかもしれない。

それにしても、死の恐怖や、長く生きることへの欲求はなかったのか。まだ若かった彼は、どうやってそれを克服したのか。

翌週の水曜日、「イヤサカ健診センター」の診察エリアに行くと、フロアのナースから声をかけられた。

「手島先生。ＪＰガゼットの記事、読みましたよ。画像もカッコよく出てましたね」

先週取材を受けた記事は、二日前にＷＥＢに配信されていた。リードは『米寿《べいじゅ》の現役ドクター　手島崇《たかし》さん（88）　アクティブ散歩で薬いらず』。

思った通り、散歩の効用が最大限に拡大解釈され、日々苛まれている老化の不具合にはいっさい触れていなかった。

三十代前半に見えるそのナースに聞いてみた。

「君は長生きしたいと思ってる？」

「いいえ。できたら六十歳くらいで死にたいです」

「どうして」

「だって、長生きしてもいいことなんかなさそうですもん」

そう言ってから、慌てて、「あ、手島先生みたいにお元気で長生きならいいですけど」と付け足した。

「いやいや、私は元気じゃないよ。このままじわじわ老いたら地獄だから、最近はどうやったらうまく死ねるか、そればかり考えているよ」

「今は簡単に死ねない時代ですもんね。がんも治るようになっちゃったし」

その通りだ。医療が進歩したせいで、現場の医師は思いもかけない窮地《きゅうち》に立たされた。二〇三〇年代までは、まだがんで死ぬ人が多かったから、がん撲滅の研究が盛んだった。しかし、二〇一四年に認可されたニボルマブがきっかけとなり、イピリムマブが併用されると、治療成績は飛躍的に向上し、さらにペムブロリズマブなど、T細胞制御系の薬剤が次々実用化されるに至って、がんは進行がんでさえも免疫療法で治るようになってしまった。

おかげで外科手術は出番がなくなり、抗がん剤も放射線治療も廃《すた》れてしまった。私はもともとは消化器外科医だが、手術の患者が激減して、せっかく開発した胃がんの術式も十分使えないまま、健診医に鞍替《くらが》えせざるを得なかった。健診などほとんど無意味なのはわかっているが、医師としてほかに生きていく道がなかったのだ。

多少の皮肉を込めてナースに言う。

「六十歳くらいで死のうと思うのなら、よほど不摂生《ふせっせい》をしないとだめだろう。このごろは煙草やアルコールみたいに身体に悪いものはなかなか手に入らないし、食品もすべて健康優先になってるからな」

「手島先生の若いころには、まだそんなものがあったんですね。今、わたしたちが楽しんでるベロセットは、すごくハイになるけど血圧にも血糖値にも影響しないし、ドレンクロムはいい感じで陶酔させてくれますよ。食事はすべてコレステロールフリーだし、糖質もインスリンミックスだから、病気で死ぬのはむずかしいでしょうね。わたし、六十歳近くになったらスーパークライムをはじめるつもりです」

スーパークライムとは、軽装備でわざと危険なコースを選ぶ山登りで、中高年に人気らしい。すばらしい景色を楽しんだ上に、もしかしたらうまく滑落死できるかもしれないという秘かな期待が人々を魅了するのだ。

「君はナースだから、長生きのデメリットをよく理解しているだろうが、世間にはまだまだ元気で長生きを望む人が多いだろう。だから、このセンターみたいな健診業界が賑わうんだ」

「ですよね。でも、わたしたちのやってることって、意味あるんでしょうか」

ナースはピンクのユニフォームに似合わない暗い声でつぶやいた。私が日ごろから健診に否定的な考えを口にしていることを踏まえての問いかけだろう。

「ここだけの話、健康診断やがん検診は、病気を早期発見して命を救うこともあるけど、大半は安心のためのお守りみたいなものなんだよ。この道三十年の私が言うんだからまちがいない」

「名誉センター長の手島先生に言うのも変ですが、健診センターのやってることって、ほとんどマッチポンプですもんね。ぜんぜん心配ない異常を見つけ出して、受診者をハラハラさせて、精密検査を受けさせて、それで心配いりませんて安心させるんですから。血液検査でも、基準値を厳しくして、何とか薬をのまそう、診察を受けさせようとしてるでしょう」

「今にはじまったことじゃない。予防医学が進みすぎて、病気になる人が減っただろう。患者が減ると医療は売り上げが落ちるから、業界を維持するために病人を増やさなけりゃならないんだ。幸い、こっちには専門知識があるから、世間を言いくるめるのに苦労はしない。メディアも医療問題を書けば売れるから、必要以上に危機感を煽ってくれるし」

「わたしたち、その片棒を担いでるんですね。もうちょっと健全な仕事をしたいな」

落ち込むナースを慰めたかったが、有効な言葉は見つからなかった。代わりに出たのは、我ながら虚無的なため息だ。

「私だって気が進まなかったが、仕方なくやってきたんだ。がんの手術がなくなって、たいていの病気が薬で治るようになったからな」

そう言い残して、診察ルームに入った。

ここでの仕事は、受診者に健康上の問題はないかと訊ね、目と舌を診たあと、胸に聴診器を当てることだ。聴診で判明する病気などほとんどないが、未だにこれをしないと恰好《かっこう》がつかない。それに高齢の受診者には聴診が不可欠だ。これをしないと診てもらった気がしないのだろう。イヤサカ健診センターは、〝医療勝ち組〟をターゲットにした高級施設なので、問診も生身の医師が行うことになっている。人件費はかかるが、セレブな受診者たちは、ＡＩより生身の医師に診てもらいたがるのだ。

今朝のトップバッターは、毎月、健診を受けている八十五歳の男性だ。チャイニーズパスタのチェーン店を全国に展開し、一代で財を成した成功者である。金はあり余るほど手にしたが、死ぬのが怖くて仕方がないらしい。毎年受けていた人間ドックを、半年に一度、三ヵ月に一度と間隔を詰め、ついには毎月、健康状態をチェックしなければ安心できなくなってしまった。

「手島先生、お願いしますよ。どうぞ、百まで生きさせてやってくださいな」

江戸っ子弁で拝むように言う。ムーブチェアをリクライニングさせると、目を閉じてブツブツと念仏のようなものを唱える。

「特に異常はありませんよ」

いつも通り告げると、虚空に手を合わせ、「ああ、ありがたい」とつぶやく。

「ＪＰガゼットの先生の記事、拝見しましたよ。散歩がいいんですってね。でも、あたしは脚が弱いから、毎朝ってわけにいかねぇんですよ。先生は健脚で羨《うらや》ましいですな。元気だから毎朝歩けるのか、毎朝歩くから元気なのか、どっちなんでしょうね」

「さあ」

「やっぱり、元気だから歩けるんでしょうな。なんとか、脚だけでも若返ることはできませんかね。そうすりゃ身体も元気になると思うんですが」

相づちの打ちようもない言葉を残して、ムーブチェアのまま診察ルームを出て行く。

数人の健診をすませたあと、次に入ってきたのは筋骨隆々の七十二歳の男性だった。胸を張り、肩を怒らせているのは、少しでも若々しさをアピールするためだろう。大企業の重役らしく、これまで競争に勝ち続けてきた感が全身から滲み出ている。

型通り健康上の問題を聞くと、男性は不機嫌そうに答えた。

「十分ほど歩くと、脚が痛くて歩けなくなるんです。総合医療センターの整形外科で、脊柱管狭窄症《せきちゅうかんきょうさくしょう》だと言われました」

脊柱管狭窄症は、脊椎《せきつい》の管が狭くなって、神経が圧迫されるため、痛みや痺れが出る。七十代では特に珍しい状態ではない。しかし、男性はどうも納得がいかないようだった。

「若いころから筋トレをして、不摂生もせず、健康には万全を期してきたのに、なぜそんな病気になるんですか」

「トレーニングのやりすぎかもしれませんね。負担をかけると、脊椎の変形が起きやすいですから」

男性が顔を歪めた。筋トレが原因かもと言われて、混乱しているようすだ。私は慌てて補足した。

「脊柱管狭窄症は、病気みたいな名前がついていますが、自然な老化現象です。長年、身体を使っていることによって起こる状態ですから」

「冗談じゃない。私はまだ七十二ですよ。若いときから鍛《きた》えてきたのに、老化現象などあり得ない」

自然な経過だと言えば安心するかと思いきや、逆効果のようだった。男性はさらに語気を強めた。

「今の七十代はまだまだ現役でしょう。〝ブリリアント・セブンティ〟と言うじゃないですか。これから人生を謳歌《おうか》する年代なのに、老化現象などあってたまるものですか。ましてや私はこれまで大病もせず、血圧も血液検査も心電図も正常で、煙草も吸わないし、肥満もしていないのに、なぜ脚が痛くなるんです」

脊柱管に関係のないことをいくら並べても、反証にはならない。それに〝ブリリアント・セブンティ〟などは、フィットネス業界が勝手に流行らせた言葉で、もともと七十歳は〝古稀《こき》〟といったのだ。さすがに稀《まれ》ということはなくなったが、人体の耐用年数がそんなに変わるわけはない。変わったのは人の意識だ。健康ビジネスの甘言が、人々を勘ちがいさせ、現実を受け入れがたくしているにすぎない。

説明をあきらめ、ほかに問題はありませんかと訊ねた。

「問題というほどではありませんが、そうですね、最近、トイレが近くなりました」

「前立腺の肥大かもしれませんね」

何気なく言うと、男性はふたたび不本意だと言わんばかりに顔を赤黒くした。

「私は前立腺肥大を予防するために、刺激物を避け、水分は多めに摂り、トイレも我慢しないようにして、便秘にも気をつけ、風呂にもゆっくり入るようにしてきたんです。食べものだって、イソフラボンが多い豆腐、豆乳、納豆を毎日食べ、男性ホルモンの分泌を促す亜鉛《あえん》を摂取するために、茶碗《ちゃわん》も箸も亜鉛製にしてるんです。それだけ努力してきたのに、前立腺肥大になるわけがないでしょう」

いったいどこで仕入れた知識なのか。

「でも、排尿がはじまるまでに時間がかかりませんか」

「いいえ」

「尿線が細くないですか」

「ないです」

「残尿感はありませんか」

「まったくありません」

前立腺肥大の症状をことごとく否定し、意地でも認めようとしない。男なら二人に一人は前立腺肥大になるし、もちろんそれは悪いことでも恥ずかしいことでもない。この男性は年齢より若く見えることが自慢で、そこに己のプライドを賭けているようだ。表情も若々しく、動きも機敏だが、頭の中身は少々浅はかなようだ。


健診には女性も来る。

上方舞《かみがたまい》の師匠が入ってきた。年齢は九十二歳。輝くような白髪に、抜けるように白い肌だ。首のあたりには皺があるが、背筋は若竹のように伸び、ムーブチェアに座った佇《たたず》まいは、お仕着せの検査着でも優雅に見える。健康上の問題はと聞くと、何もないと答える。「すばらしいですね」と感心すると、「どこがですのん」と鼻で嗤った。

「この歳で元気でも、何もええことおますかいな」

「そうですか。みなさん、健康で長生きを求めているようですが」

「ヘッ」

さも馬鹿にしたように嗤うので、少々意地悪な気持が湧いた。

「健康に問題がないのなら、どうして健診を受けに来られるんですか」

「娘に無理やり受けさせられますねん」

「親孝行な娘さんですね」

「何言うてはりますの。わてが寝たきりになったら困るよってに、年に二回も健診を受けさせせますねん。けど、お聞きしますけど、なんぼ健診受けてても、倒れるときには倒れますすねやろ」

「有り体《あていい》に言って、そうですね」

女性は短いため息をついて、吐き捨てるように言った。

「わてかて、あんな薄情な娘に世話されとうおまへんわ。先生、何とか寝つかんと、コロッと逝ける方法はおませんか」

あったら私が試したいところだ。

診察の結果は、案の定、異常なし。九十二歳で異常なしはめでたいが、うれしそうに伝えると、「何がめでたい」と怒られそうなので黙っていた。

次に入ってきたのは、見るからに神経質そうな四十八歳の女性だった。半年前の健診で肝嚢胞《かんのうほう》を指摘され、それが気になって仕方ないという。肝嚢胞とは肝臓の水膨れのようなもので、症状もなければ、治療の必要もなく、検査さえ受けなければ死ぬまで気づかずにすむものだ。

「でも、健診レポートに『要経過観察』と書いてあったんです」

それは受診者をリピーターにするための方策だが、そんなほんとうのことは言えない。とにかく心配ないと説明するが、簡単には安心しない。

「どうしてこんなものができたんでしょう」

多くは先天性だが、そう言うと、「でも、去年の健診では見つからなかったんですよ」と眉根を寄せる。小さいから見落とされたのか、あるいは液体の溜《た》まり具合で半年前から見つかるようになったのか、いずれにせよ心配ないのだが、彼女はさらに聞いてくる。

「治療法はないんですか」

針を刺して中身を抜くか、腹腔鏡で切除することもできるが、出血や感染の危険を考えれば、何もしないのがいちばんいい。

「悪性の病気になることはないんですか。どういうことに気をつけたらいいんですか。お酒は飲んでもいいんですか。運動はしてたほうがいいんですか。塩分は一日何グラムまで大丈夫ですか。睡眠薬をのんでるんですが、問題はありませんか」

「とにかく、何も心配いりませんから」

「でも、先生。わたし、コレステロールも高いんです」

値を聞くと、基準値を五ミリグラムほど超えているだけだ。

「これも心配いりません」

「でも、異常なんでしょう」

「基準値が厳しすぎるのです。年齢を考えたら、これくらいどうということはありません」

「基準値を超えても大丈夫というなら、何のための基準値なのですか」

それは少しでも異常の人を増やして、医療の顧客を増やすためだが、それも正直には告げられない。代わりに安心できるように言う。

「コレステロールは、基準値より高めの人のほうが長生きするというデータがあります。だから気にすることはありませんよ」

「長生きすればいいというものじゃないでしょう。元気で長生きがしたいんです。わたし、最近、よくうたた寝をするようになったのですが、脳の血管に問題があるからだと、ネットの『ニコニコ医療』に出ていたんです。大丈夫でしょうか」

ニコニコ医療は、デタラメではないが偏《かたよ》ったデータを取り上げて、見た人を不安に陥れる医療情報サイトである。逆に夢のような治療法をもてはやして、偽りの安心を広げることもある。

「あんないい加減なサイトの情報は、気にすることはありません」

「でも、このごろずっと胃の調子が悪くて、胃がもたれるんです。食べたものがすぐ消化されないような感じで」

胃の機能が低下しているのかもしれない。最近やせたのなら、悪性の病気も心配だ。

「体重は変わっていませんか」

「三キロ増えました」

私はため息を堪えて告げる。

「それは食べすぎです」

午前中最後の受診者は、七十六歳の男性だった。モニターで所属を確認すると、有名なエステサロンの会長となっている。

診察が終わったあと、両手を膝に突っ張って、「ひとつ聞いてもよろしいか」と真剣な眼差《まなざ》しを向けてきた。

「以前、〝死に時論争〟というのがありましたでしょう。先生はどのようにお考えですか」

〝死に時論争〟は、超高齢化が深刻になり、長寿が必ずしも幸福でないという風潮が広まったときに起こった論争だ。何ごとにも潮時というものがあり、無闇に長生きするより、ほどよいところで死ぬのがよいのではと、終末期医療が専門の医師が提起した問題だった。背景には、無益な延命治療で尊厳のないまま長生きをする人の存在があった。

私は記憶をたどりながら、穏当なところを答えた。

「問題提起をした医師は、たしか六十歳が死に時だと言ってたんでしたね。私はちょっと早すぎるように思いますが」

「たしかにそうです。しかし、八十歳では遅いように思うのです。身体のあちこちに支障を来《きた》し、老化現象は覆いがたくなりますからね」

「人にもよるでしょうが」

「いや、八十歳を越えると、老化は否定できません。とすれば、七十代の後半が死に時ではないかと思えるのです。つまり、まさに今の自分です」

私が八十歳を越えているのは一目瞭然のはずだが、それは眼中にないようだ。

「いい死に時にうまく死ぬには、どうすればいいんでしょうか」

男性は真剣そのものだった。健診センターで死に方を訊ねる矛盾には気づいていない。答えあぐねていると、彼はさらに切羽詰まった声で訴えた。

「私は若いころから身体を鍛え、この歳まで病気ひとつせずに暮らしてきました。長生きはいいことだと信じていたからです。ところが、〝死に時論争〟を聞くと、下手に長生きすると、悲惨なことになるというじゃありませんか。私は日ごろ健康に留意してきた分、なかなか死ねない危険性がある。寝たきりで人の世話を受け、夢も希望もないまま生き続けるなんてまっぴらです。何とか上手にこの世とおさらばしたいんですが、いい方法はありませんかね」

「むずかしいですね。安楽死法は未だに成立していませんからね」

議論は五十年以上前から繰り返されているが、安楽死は自殺幇助《ほうじょ》や殺人にすり替えられる危険性が無視できないとして、合法化されないまま推移している。

「一時期、〝自然死〟や〝平穏死〟が流行りましたが、あれも健康に注意してきた者は、簡単には実現できないでしょう」

「医療が進歩したおかげで、命の危険がある病気はことごとく治りますからねぇ。これも運命とあきらめて、寿命が尽きるまで待つことですな」

男性は心底、落胆したようすで診察ルームを出ていった。

多くの人が、長生きを悔いている。それは長生きを経験してはじめてわかることだ。

私はふたたび土岐佑介を思い出した。彼は長寿を否定的に受け止め、自分の葬式に来るときには、祝福してくれとさえ言っていた。実際に長生きをしなかったのに、彼はどうやってその不幸を見抜いたのか。

＊

仕事を終えたあと、私は無人タクシーをつかまえて、アマテラス・プロムナードに行った。大勢の老人が移動している。ＡＩステッキを持っている人、パワーサポートを着けた人、最新型のロボチェアに乗った人もいる。老人向けのハイブリッド車椅子は、次々新しいモデルが登場する。

空中広場に行くと、裕福そうな老人がイメージツリーの木陰で休んでいた。ムロマチ・パレスの前で電子琴を弾いているのは、芸術アカデミアのシニア学生だろう。

パレスに入り、マホロバ・カフェのテラス席に出た。店内を見渡すと、私に気づいた西方侑利香《にしかたゆりか》が指を挙げて合図をした。

「待った？」

「十二分」

ホログラムウォッチを見て微笑む。今日はいつにも増してきれいだ。タワラヤ・スタイルの銀髪が、カキツバタをイメージしたフェイスペイントを引き立てている。侑利香は元大学病院のナースで、出会ったのは三十年も前のことだ。私は当時から彼女に好意を持っていたが、深い関係にはならなかった。

再会したのは三年前。大学の創立百八十周年記念の祝賀会で、偶然、近くに居合わせた。そのとき、彼女は六十五歳。聞けば製薬会社のＭＲだった夫はすでに事故で亡くなり、子どもは社会人になって、独り暮らしを満喫しているとのことだった。私は貴子を亡くして五年目で、久しぶりに血中アドレナリン濃度が上昇するのを感じた。

私たちは祝賀会を抜け出し、ミルクバーでベスチを飲んだあと、ヒーリングルームに行って、ヴァーチャルセックスを愉《たの》しんだ。彼女の皮膚電位は私とよくシンクロし、オキシトシンの分泌も申し分なかった。今も出会えば快感刺激ホルモンの活性値が上がる。

私たちはサーキットをつなぎ、会話モードを同調させた。

「今日もおもしろい受診者が来たよ。百歳まで生きたいという人や、七十二歳で老いを頑強に拒《こば》む人とか、九十二歳で長生きしたことを怒ってる人」

「相変わらず受診者が多いんですね。医療が進歩して、人々の不安が深まったものね」

がんが治るようになると、次の心配は心臓発作と脳卒中に移り、さらにはパーキンソン病や脊髄小脳変性症などの難病に変わった。健康で長生きを求める人々が、あちこちの健診センターに殺到する。がんは早期発見が重要だという迷信もまだ信じられているから、がん検診にも多くの顧客がやってくる。人間の果てしない欲望と心配。それを煽って糊口《ここう》を凌《しの》いできたことに、私は今さらながら忸怩たる思いを抱く。

侑利香は手首にはめたモニターを広げて、私に言った。

「JPガゼットの記事、読みましたよ。毎朝、散歩してるんですって？」

「雨の日と風の強い日はやらない。あと真夏と真冬も」

「先生は健康のために散歩してるんじゃないでしょう」

「もちろんさ。トランス状態になるからだよ。取材のときには言わなかったけど」

私は散歩で奇妙な世界に没入する。目の前にイメージスクリーンが広がり、この世のすべてがクリアになる。感動的な場面が浮かんだり、残虐なシーンが繰り広げられたりする。その状態で一時間ほど徘徊《はいかい》すると、肉体は紙のように薄くなり、全身が幸福感に包まれる。どこをどう歩いたかも覚えていない。

「危なくないんですか。事故に遭ったり、転んだりしませんか」

「かもしれない。でも、やめられない」

侑利香の優しさが指先から流れ込む。そんなとき再婚したい誘惑に駆られるが、即、削除《デリート》する。再婚などすれば、半年を待たずして互いに疲弊しきってしまうだろう。場合によっては介護を押しつける危険もある。それだけは避けたい。

「未だに長生きを求める人がいるのがわからないわ。ぼんやりしてたら、取り返しのつかないことになるのに」

「君は何か身体に悪いことはしてる？」

「夜更かしと、運動不足くらいね。それくらいじゃ早く死なないでしょうけど。九十五歳とか百歳まで生きたらと思うと、恐ろしくて息が詰まりそう。先生はもう八十八でしょう。大丈夫？」

「わからない。ハイバーネート保険は高すぎるし」

「カプセルで冬眠させてくれる保険ね。あれは超富裕層向けだもの。だいたい政府が医療を野放しにするから、国民が悲惨な長生きをするようになったのよ。あと、メディアの生命尊重の偏重も罪が深いわ」

「ＪＰガゼットの記者だってそうさ。まだ四十代だから、長生きの苦しみがわかってないんだ。私は老化現象も話したんだが、全部無視された」

「いやな話は表に出ないんですよ。甘っちょろいきれい事ばかりがウケるんです。むかしからそうでしょう」

三度《みたび》、土岐佑介のことが脳裏《のうり》をよぎった。侑利香に話すと興味を持ったようだった。

「その先生はどうやって死んだの？」

「病死ということになってるけど、よくわからない」

私は言葉を濁した。葬式のあと、恋人だった志村響子《しむらきょうこ》から手紙が届き、自分が土岐佑介を殺したのだと書いてあった。殺害の方法も明かしてあったが、手紙が着いたとき、すでに彼女は自殺しており、佑介の遺体も火葬されていたので、証明のしようがなかった。遺族にも新たな悲しみを与えるだけなので、私はその手紙を握りつぶした。

「彼の一族はみんな医師なんだけど、ほぼ全員が早死になんだ」

「どうして」

「病気とか事故とかだけど、偶然にしてはできすぎだ。佑介は早死にのDNAに支配されてるというようなことを言ってたが」

一族の死の概略は佑介から聞いていたが、葬式のあと、私は改めて彼の兄の信介《しんすけ》を訪ねたことを思い出した。失礼にならない範囲で、それぞれの事情を聞いたのだ。

佑介の父冬司《とうじ》は、四十九歳で胃がんで死に、祖父の伊織《いおり》は五十二歳のときに奥穂高で滑落死を遂げた。曾祖父の騏一郎《きいちろう》は、肝硬変で五十五歳で亡くなっていた。大叔父の長門《ながと》は、五十歳のときに入浴中に溺死し、長門の息子の覚馬《かくま》は、五十二歳で肺がんのため亡くなっていた。伊織は事故死だから、短命なのは偶然かもしれない。長門も泥酔して入浴したらしいから、事故の可能性がなくはないが、おそらく脳梗塞で意識を失ったのだろうとのことだった。

全員が医師なのに、なぜ自分の病気がわからなかったのか。特に長門は脳血管障害の専門医で、冬司も消化器がんの専門家だったのだから、いずれも得意分野の病気で命を落としたことになる。自分の命を救えなくて、患者の病気を治せるだろうか。

覚馬の死は、佑介から直接聞いたのを覚えている。開業医だったが、がんの治療に懐疑的で、自らの肺がんを意識的に無視して、検査も治療もせずに亡くなったようだ。

逆に冬司の胃がんは、佑介の母信美《のぶみ》が徹底して治療を求め、冬司本人がやめたいと言っても許さなかったそうだ。信介は苦々しい表情で私に語った。

——お袋は、医療絶対主義ですからね。父も基本的には同じでした。母の方針が父の死を早めた可能性は、否定できません。

信美は冬司が亡くなったあとも医療を信じて、熱心に人間ドックやがん検診を受けていたという。

侑利香がため息交じりに言った。

「医者が自分の病気に気づかなかったり、大事な家族を病気で失うことは、決して珍しくないでしょう」

「それは業界の極秘事項だよ。公にすれば、世間の信頼を損ねるから」

「佑介先生のお兄さんも、早くに亡くなったんですか」

どうだろう。信介に話を聞きに行ったのは五十年前で、その後のことは知らない。佑介や私の三歳年上だから、生きていれば九十一歳のはずだ。存命だとしても、元気でいるかどうか。

想像するとおぞましくなり、慌てて削除した。

＊

「手島先生。面会の方がお見えです」

受付から連絡があったとき、私は苦い薬をのまされた子どものように顔をしかめた。

「お通ししてくれ」

入ってきたのは、神経質そうな高齢女性と、ダブルのスーツに身を固めた五十代後半の男だった。どちらも思い詰めた表情をしている。

「赤垣利男《あかがきとしお》の妻です。これは息子の清比古《きよひこ》」

息子が形ばかり頭を下げ、名刺を差し出した。どこかの企業の人事部長と書いてある。

九ヵ月前、イヤサカ健診センターの若手医師の里中翔真《さとなかしょうま》が、「トータル人間ドック」で赤垣利男に「異常なし」の判定を出した。その二ヵ月後、赤垣はくも膜下出血の発作を起こし、搬送先の病院で亡くなった。享年八十。全身の３Ｄ血管スキャンで、里中が三ミリの脳動脈瘤《のうどうみやくりゆう》を見落としたのが原因だとされた。里中に質すと、実は見落としではなく、ある事情で敢えて本人に伝えなかったのだということがわかった。顧問弁護士に相談すると、不可抗力の面もあるので、賠償には応じる必要はないとのことだった。

しかし、赤垣の遺族は納得せず、里中の周辺を調べ上げ、トータル人間ドックの判定の前夜、里中が午前二時までベビーバーにいたことを突き止めた。女性との別れ話がこじれて、帰れなかったのである。これは「ベストコンディション義務」に違反するということで、遺族は賠償請求の訴訟を起こした。要求額は一億二千万円。

ベストコンディション義務とは、十年ほど前から健診業界を脅かしている暗黙のルールで、健診の判定を下す医師は、心身ともにベストな状態でなければならないというものだ。

健診が盛んになるにつれ、判定の見落としが大きな社会問題となった。せっかく健診を受けたのに、見落としで治療が手遅れになったら意味がないからだ。

しかし、医師も人間だから、どんなに注意していても、見落としはゼロにできない。判定がむずかしい場合もあるし、異常陰影がほかの臓器に重なることもある。見落としをすべて賠償の対象にするのなら、リスクが高すぎて、判定を引き受ける医師がいなくなる。そこで折衷案《せっちゅうあん》として出されたのが、ベストコンディション義務である。

きっかけは大阪のある健診センターでの事件だった。医師が青空カジノで大負けしてやけ酒を飲み、二日酔いで判定を行ったため、受診者が心筋梗塞の徴候を見落とされ、市民マラソンに参加して発作を起こし、死亡した。

遺族の訴訟に対し、裁判所は原告の主張を認めた上で、異例の意見を出した。健診の見落としは、ゼロにはできないが、容認されるのは医師がベストコンディションで判定した場合にかぎるというのである。

健診医のみならず、命に関わる治療や検査を行うすべての医師にも、この基準が適用された。医師は常に万全の態勢で医療に携わっているものと思われていたが、実際には睡眠不足や体調不良、うつ病、不機嫌、悩みやトラブルを抱えていることも少なくなく、そういうときに医療ミスは起こりやすいことが、データで証明されたからである。

ベストコンディション義務は、医療に対する絶対安全要求の一環と見なされたが、パイロットや国防機構の隊員たちは、以前から当然のこととされており、医療界への導入は遅きに失したとの意見も出た。

赤垣の遺族が起こした訴訟は、トータル人間ドックの判定のとき、里中がベストコンディションだったかどうかが争点だった。その日、同じエリアで診察をしていたのは私である。それで当日の里中のようすを、裁判で証言しなければならなくなった。しかし、九ヵ月も前のことなど、覚えているはずがない。顧問弁護士に相談すると、証言はそれでいいと言われた。記憶に残ることがないということは、里中が通常通りの業務をこなしていたと考えられるからだ。

赤垣側もそのことは容易に察知する。今日、赤垣の妻と息子が訪ねてきたのは、私が里中に有利な証言をしないように、圧力をかけるためなのは明らかだった。

「父は、トータル人間ドックを信じていたんです」

清比古が硬い表情で言った。目鼻立ちがくっきりして、髪も異様に多い。見るからにまじめで優秀そうな風貌だ。

「父の無念がおわかりですか」

横で赤垣夫人が「うっ」と目頭を押さえる。ここで申し訳ありませんと言うわけにはいかない。

清比古が続ける。

「父は若いころから健康に気をつけ、厳しい自己管理をして、常に摂生に努めてきました。それでも病気の危険があるからと、毎年健診を受け、三年に一度はトータル人間ドックで全身を隈《くま》なく調べてもらっていたのです。がんなら早期発見、心筋梗塞や脳梗塞なら動脈硬化の早期予防、内臓の機能をチェックし、ウイルス感染の有無を調べ、電解質のバランスを確かめ、心電図、筋電図、脳波で循環器と神経の状態を調べて、常に全身をベストの状態に整えていたのです。すべては健康で長生きをするためです。それなのに、脳動脈瘤を見落とされたせいで、二ヵ月後に発作を起こして死んだんです。この見落としは、犯罪にも等しい重大な医療ミスです」

私は沈黙したまま顔を伏せる。耳の穴が痒くなるが、掻くこともできない。

「父は週末になると、あちこちの高原に行って、新鮮な空気を吸っていました。肺をきれいにするためです。腎臓に負担をかけないように、水は蒸留水しか飲まず、肝機能を保つために、高蛋白食《こうたんぱく》を心がけ、カロリーは控えめにして、脂肪分は不飽和脂肪酸の多い植物性オイルしか摂りませんでした。免疫機能を高めるために、毎日二十種類のサプリメントを服用し、健康食品を三十品目摂り、肉体を若く保つために、加圧トレーニングとホットヨガにも励んでいました。それだけ努力を重ねてきたのに、健診医の判定ミスで、すべてをふいにしてしまったんです」

三ミリの動脈瘤が破裂したのは、赤垣利男の過激な健康法に原因があった可能性も否定できない。顧問弁護士の調査によれば、発作で倒れたのも、ジムでレーサー仕様のスピンバイクを漕《こ》いでいるときだったらしい。トレーナーはノーマル仕様を勧めていたが、赤垣はレーサー仕様を漕ぐのを自慢にしていたようだ。そんな無茶をするから、ふつうなら破れない動脈瘤が破裂したのだ。破裂したのが大出血しやすい中大脳動脈だったのも不運だった。しかし、もちろんそんなことは言えない。

「私だって父同様、健診を信じています。医学はどんどん進歩し、すべての病気が予防可能になり、万一、異常が発生しても、健診で早期発見すれば重症化を防ぐことができます。しかし、いくら検査機器が発達しても、判定を下す医師が睡眠不足で朦朧《もうろう》としていたのでは、意味がないでしょう！」

清比古が語気を強める。赤垣夫人が選手交代とばかりに涙ながらに言う。

「主人は今まで、働きづめの人生だったんです。出世の階段を上りつめ、社長になって会社の業績を伸ばし、会長になり、名誉顧問になって、それも退き、ようやくこれから老後を楽しもうと思っていたんです。まだ八十歳ですよ。今の八十歳といえば、人生これからじゃありませんか。死ぬにはあまりに早すぎます」

いやいやいや、と私は内心で首を振る。平均寿命は延びたが、人間が品種改良されたわけではない。長生きの恐怖におののいている私などからすれば、八十歳はちょうどいい死に時だと思えるが、赤垣母子にはとても受け入れられないようだ。

夫人が無念を押し殺しながら私に聞く。

「失礼ですが、手島先生はおいくつでいらっしゃいますか」

「八十八歳ですが」

「まあ。主人より八年も長生きされてるんですね。お元気そうで羨ましい。これからまだまだ長生きされるんでしょうね」

「はあ、まあ」

嫌がらせかと思いつつ、気の抜けた返事をする。

「ところで、主人の検査にいい加減な判定をした里中という医師は、当日、まともに仕事をしていたんでしょうか」

いよいよ本丸に攻め込んできた。口を開きかけると、遮《さえぎ》るように言葉を重ねる。

「できていたはずございませんわよね。判定の前夜、里中さんが何をしていたかご存じですか。女と会っていたんですよ。それも未明まで。延々と痴話喧嘩《ちわげんか》をしていたらしく、翌日にトータル人間ドックの判定という重大な業務があるにもかかわらず、遊びほうけて、十分な睡眠も取らずに、翌日の判定に備えることを怠ったのですから、許し難い義務違反でございましょう」

そんな大層なと思ったが、現に夫を亡くしている夫人には、里中を貶《おとし》める言葉はいくら大袈裟《おおげさ》でも足りないようだ。

夫人はさらに言い募る。

「判定の当日、里中さんは午後から有休を取っていますね。その日の午後にも女と会っているんです。その彼女が言ってました。里中さんはとても眠そうで、話もまともにできないくらいぼんやりしていたと。ですから、午前中の業務も、当然、集中力が低下していたと考えられますわね」

押しつけがましい言い方に、私はかすかな反発を感じた。

「お気持はわかりますが、赤垣さんの場合は、残念ながら動脈瘤のできた場所が悪かったのです。そのことを含め、健診では防ぎきれない運の要素もありますので」

瞬間、清比古の声のトーンが跳ね上がった。

「父が不運だったとおっしゃるんですか。あれだけの努力と精進を、不運だったからあきらめろと言うんですか」

「いや、決してそういうわけでは」

慌てて取り繕ったが、手遅れだった。

「情けない。それが責任ある名誉センター長の言いぐさですか。忙しい時間を割《さ》いて、高い金を払って、長い待ち時間も我慢し、下げたくもない頭も下げて、面倒な検査を受けにきているのに、自分たちの見落としは棚に上げて、父は運が悪かったから死んだんだと言うんですか」

「誤解があるなら謝ります。私の真意は……」

「言い訳は無用。断じて許せない。あなたが裁判で何と証言しようとも、里中の落ち度は明らかです。これは人災です。父は里中に殺されたも同然なんです。我々は徹底的に闘いますよ。受診者を馬鹿にするにもほどがある。母さん、行こう。こんな身内かばいの隠蔽《いんぺい》体質の傲慢な医者と話していても、時間の無駄だ。名誉センター長なら、もう少し道理をわきまえているかと思った我々がバカだった」

清比古は罵詈雑言を残して、夫人とともに出て行った。

私はＪＰガゼットの取材以上に疲れて、椅子にもたれた。

何気ない失言で、マスコミに責められ、辞任に追い込まれる大臣の気持が、わかる気がした。

「それで先生はどう証言するんですか」

数日後、侑利香がランチのベジミールを食べながら訊ねた。

九ヵ月も前のことは何も覚えていないと思っていたが、赤垣夫人に言われて、私はよけいなことを思い出していた。めったに業務を休むことのない里中が、その日、午後から早退したのだった。理由は聞かなかったが、ひどく疲れているようだったので、体調でも悪いのかと声をかけた。

——心のビョーキですよ。

里中は自虐的な笑みを浮かべた。冗談だろうが、裁判で話せば、里中に不利な証言になるだろう。

裁判の当日、原告側の証人は、里中の別れた彼女だった。

弁護士の質問に、女性は冷ややかに答えた。

「わたしは里中氏の翌日の業務については、何も知りませんでした。話し合いが深夜に及んだのも、里中氏がだらだらと話を引き延ばしたからです。明日の仕事は大丈夫なのかとわたしが聞くと、あんなものどうってことないと、さも軽んじるように言いました。それまでにも、健診なんか当てにならないとか、健診を毎年受けに来る連中

か。

赤垣母子が、被告席の里中をにらみつける。彼はほんとうにそんなことを言ったのは従順な子羊みたいだと、受診者を蔑《さげす》むような発言をしていました」

証言者の女性は、翌日の午後にも里中と会ったことを認めたあと、そのとき彼が半ば放心状態だったと証言した。それは当日の午前も里中がベストコンディションでなかったことを、裁判官に印象づけたようだった。

これに対し、被告側の顧問弁護士は反対尋問で、女性に次のことを認めさせた。前日の話し合いは別れ話であったこと、それは里中からの申し出で、女性には不服であったこと。これにより、裁判官は女性の証言に里中に対する悪意が潜んでいることを感じ取っただろう。

続いて私が証言台に呼ばれた。顧問弁護士がまず里中の人となりを聞いたので、私は率直に述べた。

「里中君は優秀な健診医で、勤務態度はまじめだし、診断能力も確かです」

「しかし、赤垣利男氏の脳動脈瘤を見落としたのではありませんか」

顧問弁護士の質問に、私は打ち合わせ通り答えた。

「見落としたのではありません。気づいていたけれど、敢えて赤垣氏に伝えなかったのです」

傍聴席がざわめいた。赤垣母子が不愉快そうな表情を浮かべている。

「脳動脈瘤は三ミリで、通常ではまず破裂の心配のない大きさでした。だから、里中君はこのままようすを見ようと判断したのです。理由は、赤垣利男氏が極度に健康不安の強い性格だったからです。赤垣氏は毎年検査を受けていて、ここ二年は連続して里中君が担当していました。昨年の検査で、赤垣氏は高齢者に多い心房細動《しんぼうさいどう》が見つかりました。ありふれた不整脈で、治すことはできませんが、それ自体、特に治療の必要もないものです。ところが、赤垣氏は過剰に心配して、なぜこんなことになったのか、このまま放っておいていいのか、どんな合併症が起こるのかなど、里中氏を質問攻めにしたのです。検査のあとも何度も電話をかけてきて、身体の不調があるとすぐ心房細動の影響を疑い、不安が高じて精神科の治療まで必要となりました。そんな経験から、今回の脳動脈瘤もそのまま伝えれば、赤垣氏のQOL（生活の質）が著《いちじる》しく損なわれる危険が予測されたのです。もちろん、二ヵ月後に発作を起こしたのですから、事実を伝えなかったことは判断ミスと言えます。しかし、それはあくまで結果責任であって、彼が脳動脈瘤を指摘しなかったのは、見落としではなく、善意の配慮によるものだったのです」

「わかりました。ところで、判定の当日、里中氏にベストコンディションでないことを疑わせる状況はありましたか」

私は一呼吸置いてから、きっぱりと言った。

「いいえ。彼はいつもと変わらない状態でした」

「つまり、睡眠不足の影響は出ていなかったと」

「私の記憶では、判定業務に支障のあるようなことはありません」

原告側の弁護士が、厳しい調子で反対尋問をした。

「里中氏は動脈瘤の存在に気づいていたとのことですが、それを赤垣氏に伝えなかったのは、重大な契約違反ではありませんか。受診者には、検査の結果を知る権利があるはずです。医師が独断で結果を伏せるのは、明らかに権利の侵害でしょう」

「契約上はそうかもしれません。しかし、医療はもっと人間的な営為です。医師は常に患者の利益を尊重します。検査で異常が見つかったら機械的に伝えるというのであれば、専門家の判断は不要となります。我々健診医は、健診が患者さんにとってもっともよい結果になるように配慮します。赤垣氏の場合は、不幸にしてそれが裏目に出たということです」

医療には不確定要素がつきものだ。やってみなければわからないのだから、結果が悪かったら賠償を求めるというのでは困る。医療裁判では、過失は賠償責任を問われるが、妥当な判断による悪い結果は免責される。

閉廷したあと、傍聴席にいた侑利香が私に言った。

「心のビョーキのことは言わなかったんですね」

「別に隠したわけじゃない。よく考えると、記憶がぼやけてきたのでね」

どんな記憶でも、疑いながらしつこく思い返すと不確かになる。

「手島先生も立派な高齢者だものね。昔のことは覚えていても、最近のことは忘れてしまって当然です」

そう笑われても、私の良心は痛まなかった。

*

四回の公判を経《へ》て、裁判所の下した判断は、脳動脈瘤の存在を伝えなかった里中の過失を認め、被告に賠償金の支払いを命じるものだった。その額は百二十万円。大幅な減額の理由は、里中に判断ミスはあったものの、三ミリの脳動脈瘤では、通常、さほどの運動制限は指示されず、仮に伝えていたところで、発作を防ぐことは困難であると判断されたからだ。

内輪のご苦労さん会で、私は土岐佑介のことを話した。無闇に長生きを求める赤垣母子と、まるで考えがちがったからだ。すると偶然、里中が佑介の兄の信介を知っていた。

信介は大阪の吹田市民病院の呼吸器外科にいたが、その後、内科に移り、日本呼吸器学会の理事にまで出世したとのことだった。

里中が巡り合わせに驚くように言った。

「健診医になる前、僕は呼吸器内科にいたんです。土岐信介先生はかなり前に引退されましたが、学会の事務局に聞けば、今どうしていらっしゃるかもわかると思います」

彼は裁判での私の証言に感謝してか、詳しく調べてくれた。信介は十年前に脳梗塞を発症し、今は長野県茅野市の介護サナトリウムに入所しているとのことだった。

施設に連絡して、面会が可能かどうか聞くと、信介はぜひ会いたいと言ってくれた。

翌週、私は侑利香を伴って、日本橋から中山道《なかせんどう》新幹線で茅野に向かった。侑利香を誘ったのは、ちょっとした遠出のデート気分だったからだ。

「どうして面会に行く気になったんですか」

「土岐家の中で、なぜ信介氏だけが長生きなのかを知りたくてね」

「手島先生も物好きですね」

侑利香は半ばあきれ、半ば好奇心をのぞかせて笑った。

窓から見える山間の景色は、五十一年前、佑介の葬儀に向かったときとほとんど変わっていなかった。当時のことが思い出される。葬儀はたしか、茅野市のセレモニーホールで行われたはずだ。私は早めについて、棺の佑介と対面させてもらった。そのとき応対してくれたのが母親の信美と兄の信介で、はっきりとは覚えていないが、二人とも早くに死んでしまった佑介に憤りのようなものを秘めていた記憶がある。

「佑介の葬式の翌年、私は大阪まで行って信介氏に会ったんだ。前にも話したが、佑介が自分の一族は早死にのDNAに支配されてるみたいなことを言ってたからね。信介氏がそれをどう思っているのか聞いてみたくて」

「そんな不吉なことを聞いて、相手を怒らせたんじゃありません？」

「いや、信介氏は不吉とは取らず、笑い飛ばすように答えた。単なる偶然だって」

軽く首を振ると、侑利香は察しよく言った。

「先生はそうは思わないんですね」

「一族がそろって早死にしてるんだ。何かあると思うほうがふつうだろう」

「ＤＮＡによる無意識の行動支配ですか。でも、信介氏は九十一歳まで生き延びているのでしょう」

たしかに。だが、私は思い入れがあるせいか、佑介の言い分を単なる出任せとは思えないのだった。もしかしたら、信介は土岐家ではなく、母方のＤＮＡを受け継いでいるのかもしれない。


茅野駅に着いたのは午後二時すぎだった。私たちはむかしながらの有人タクシーで信介のいる施設に向かった。

介護サナトリウム「シナノの家」は、蓼科山が望める広いカラマツ林の中にあった。受付で面会を申し込むと、モニターに「諾《approve》」のサインが出た。侑利香と私はレーザーリードに従って、信介の居室に向かった。

事前に里中が調べてくれた情報によると、信介は中等度の脳萎縮があり、ときどきおかしなことも言うが、頭は概《おおむ》ねしっかりしているとのことだった。

部屋に入る前に、私は心の準備をした。どれほど老いさらばえていても、驚きを顔に出してはいけない。自分だって十分に老いているのだから。

ネームプレートを確認して、スライド扉を開くと、信介はベッドサイドの椅子に座って私たちを待ってくれていた。ダンガリーのシャツにカーディガン、下はゆったりしたジーンズ姿だ。髪は薄い白髪だが、思っていたよりはるかに若々しい。

「お久しぶりです。佑介君と大学の同期生だった手島です」

「ようこそ」

笑顔で右手を差し出したので、一歩近づいて握手をした。とたんに信介の顔が歪み、目の周囲が赤くなって涙があふれた。

「あ、あぁ、あああー。ううっ」

「どうしました」

驚いて背中に手をまわしたが、信介は泣き止むどころか、さらに声を上げてむせび泣いた。侑利香はサイドテーブルからティッシュを取り、信介の目元を拭う。

「大丈夫ですか」

「あ、あ、ありがとう。もう、大丈夫です。失礼、しました」

呼吸を整えながら、しゃがれた声で言う。溺《おぼ》れかけた子どもが、水から引き上げられたような顔だ。

「ベッドに横になりますか」

「それには、及びません」

「でも、いったいどうされたんですか」

「嬉しいんです。佑介の友だちが、わざわざ来てくれたと思うと、嬉しくて、う、うれ、うれ、うわぁーん」

ふたたび大口を開けて泣きじゃくる。感情失禁だ。脳の機能障害の一種で、感情のコントロールが失われるため、些細《ささい》なことで通常ではあり得ない反応をしてしまうのだ。

落ち着くのを待って、侑利香とともに用意された椅子に座った。

「いつぞやは大阪でお話を聞かせていただき、ありがとうございました」

「ああ、覚えていますよ。ハハッ、ククク、エヘヘヘ」

今度は顔を皺だらけにして笑いだす。こちらもつられて頬が緩む。信介はそれを見て、さらに身をよじって「アハハハハ」と笑う。笑いの感情失禁だ。侑利香も笑顔になっている。一気に部屋の空気はなごむが、まともに話ができるだろうか。

「あー、すみません。もう大丈夫です。いやぁ、年は取りたくないものですな。ふう」

急にまともな調子になって姿勢を正す。いったんエネルギーを放出すると、しばらく感情が収まるようだ。

「ここの暮らしはいかがですか」

「快適ですよ。介護ロボがいろいろやってくれますからね。でも、ロボットは融通《ゆうずう》が利かんのです。冗談も通じんからね。ハハハ」

この笑いはふつうの愛想笑いのようだ。

「お元気そうで何よりです」

「いやいや、食べると誤嚥《ごえん》するのでね。食事は胃ろうですよ。口が淋しいのでフレーバーガムを嚙んでますが、唾液《だえき》も呑み込めないから味気ないです。僕は食いしん坊なので、ほんとうはいろいろ食べたい。なのに、できない。う、それが、ううぅ、くくっ、うわぁあーん」

ふたたび泣きだす。堪えようと思って頑張った分、何度もしゃくり上げる。それでも懸命にしゃべろうとするので、両肩に手を置いて宥めた。

「わかります。大丈夫ですよ。つらいんですね」

「そ、そう、つらくて、う、うぅー。あぁあ、くひぃー」

私は侑利香と目線を交わす。やはり九十一歳という年齢はたいへんみたいだ。泣くにも体力がいるから、どんどん呼吸が荒くなる。痰が絡み、吸い込んで激しく咳き込む。侑利香が後ろにまわって背中をさすったり、タッピングを繰り返すが、発作は容易に収まらない。

「無理されなくていいです。存分に泣いてください」

「ううぅう｜。くくく。泣きたくて、泣いてるんじゃ、ないんですぅ」

しばらくするとまた少し落ち着く。タイミングを見計らって、遅ればせながら侑利香を紹介した。元ナースだと言うと、信介は嬉しそうに表情を明るくした。

「美人ですな。よく来てくれました。元気が出ます」

壁に四十インチの液晶パネルが掛かっていて、家族の写真がスライドショーで映し出されている。

「お嬢さんとお孫さんですか。曾孫さんもいるんですね」

「娘は二人とも医者と結婚しました。長女は諏訪、次女は京都におります。孫は全部で五人。長女のほうの孫は二人結婚して、曾孫も二人」

「それは素晴らしい」

「みんな優しいんです。順番に見舞いに来てくれるから、クフッ、アハ、アハハハハ」

また失禁の哄笑《こうしょう》だ。

「アーハッハッハ。笑いが、ハハッ、と、と、止まらんのです。ウヘヘヘ」

ついこちらも笑ってしまう。なんだか楽しい気分になる。

奥さんのことも知りたかったが、亡くなっていたらまた泣かれそうなので、聞かずにおいた。

失禁が収まると、まともな調子になって言う。

「僕は家族に支えられてるんです。この歳まで長生きをさせてもらって、ほんとにありがたいと思っとるんです」

「よかったですね」

うなずきながら、疑問に思う。信介はほんとうに長生きを喜んでいるのだろうか。食事は口から摂れず、施設に入りっぱなしで、感情のコントロールもできずに大泣きする。

だが、笑う信介は無邪気そのものだ。絵に描いたようなえびす顔で、膨れた頬を輝かせる。その表情は生き生きしている。

「あれを見てください」

信介が手を震わせて指さした。ガラス戸棚の中に、枯れ枝やドングリで作った動物が並んでいる。

「ご自分で作られたのですか」

「そう。リハビリを兼ねた暇つぶしです。材料は裏の雑木林から拾ってくるのです。よかったら近くで見てください」

立ち上がってガラス戸棚を開けた。

「それはカバです。右がゴリラ。左はバッファロー」

それぞれ動物の特徴をうまくデフォルメし、それらしい感じを出している。信介は指先が器用なようだ。

「毎日、医学の勉強もしています。今、読んでるのは『LUNG』です。むかしの雑誌を引っ張り出してきて、もう一度読み直しているのです」

ベッドの枕もとに英語の専門誌が置いてあった。

「すごいですね」

何気なく手に取って、パラパラとページを繰った。何ヵ所か赤いアンダーラインが引いてある。手書きの書き込みもある。ラインは頼りなげに波打ち、文字も幼児が書いたように稚拙だ。手が震えるのだ。その筆跡を見て、私は胸に熱いものが込み上げた。

信介は脳萎縮で不自由になった手で専門誌に赤線を引き、熱心に書き込みをしている。診療から離れても、医師の気持を忘れず、勉強を続けている。枯れ枝や木の実で作った動物も、震える手であれだけ上手に作るには、何度も失敗を重ね、やり直しをして、少しずつ仕上げたのだろう。どれほどの根気と忍耐が必要だったか。

その努力に私は頭が下がる思いだった。信介は長生きの苦痛を抱えながら、今を精いっぱい生きているのだ。

「見てごらん」

雑誌を見せると、侑利香も状況を察したようだった。

「すごい精神力ですね」

感心すると、信介はまた溶けるような笑顔になった。

「自分のことは、できるだけ自分でやろうと思っとるんです。部屋の掃除も、トイレの掃除も、ロボ任せにせず、自分でやります。そのほうが、ありがたみが湧くから」

「ご立派です。土岐先生にお目にかかって、元気をいただきました。私は長生きはよくないとばかり思っていましたが、心の持ちようで頑張れるのですね」

「そう。心の持ちようは大事です」

自信ありげにサイドテーブルをトンと叩く。侑利香が微笑みながら言う。

「土岐先生は幸福そうですもんね」

「幸福ですよ。毎日、生きてるのが楽しいんです。これ、見てください。曾孫が描いてくれたんです」

リモコンを操作して、液晶パネルに幼児が描いたCGを映し出す。信介の似顔絵だ。丸い頭に湯気のような白髪が生え、眉もりりしく口をへの字に曲げている。

「似てるでしょう。フハハハハ。似てる。ハハッ。子どもには、こんなふうに、見えるんですな。フフフ、ワハハハ、アッハッハ」

また楽しそうに笑う。朗《ほが》らかそのものだ。

私は長生きのネガティブな面に目を向けすぎていたのかもしれない。医療の現場で悲惨な長生きを見すぎてきたせいで、老いを肯定的に捉えられなかった。だが、今の医療は五十年前とは比べものにならないほどよくなっている。日常生活がむずかしくなっても、心の持ちようで、いくらでもポジティブに生きられるようだ。

「私は長生きしてつらい思いをするのがいやで、うまく死ぬ方法ばかり考えていました。でも、どうやらまちがっていたようです」

「それは、命を粗末にする考えです。死はいかん。死んだら幸福にはなれませんよ。とにかく生きていることが大事です」

ふたたびサイドテーブルをトンと打つ。力説の仕草《しぐさ》らしい。

私は思いを新たにして、信介に聞いた。

「では、土岐先生は今、何の心配もないのですね」

うなずくかと思いきや、丸い顔がふいに歪み、目が三角に下がったと思うと、大粒の涙があふれた。身悶えするように泣き崩れる。

「どうされたんです」

「心配はあるんです。ううぅ、あああ。とても大きな心配がぁ」

…………

*

帰りの新幹線が動きだすと、侑利香が思い出したように笑った。

私は笑うどころではなく、頬が引きつったままだ。

「手島先生はそうとうショックだったみたいですね」

「当然だろう。信じられない。あんなことになってるなんて思ってもみなかった」

「むかしから、過ぎたるは猶《なお》及ばざるが如《ごと》しって言うけれど、医療の場合は、過ぎたるは及ばざるより猶悪《わろ》しですね」

信介が泣きだしたとき、私はてっきり奥さんのことが心配なのだと思った。奥さんが死にかけているか、認知症になっているかで、先行きが不安なのだろう。それでまた感情失禁を起こしたと思ったが、ちがった。彼の心配は、自分が死んだらどうしようということだった。

信介にはまだ生への執着があるのか。しかし、九十一歳の年齢を考えれば、死はそう遠くないはずだ。

「土岐先生は大丈夫ですよ。まだまだお元気そうですから」

そう慰めてみたが、号泣は止まらなかった。黙って見守るしかないと、私は侑利香と顔を見合わせた。

五分ほども待つと、しゃくり上げるのにも疲れたのか、徐々に落ち着いてきた。自分でタオルを取り、顔全体を拭ってから、音を立てて鼻をかむ。

「あー、失礼しました。申し訳ありません。でも、これぱかりはどうしようもなくて。ハハハ」

力なく笑ってから、「心配の理由を説明しますよ」と立ち上がった。

杖をついて居室を出る。エレベーターで一階に下り、中庭を巡る廊下を抜けると、ガラスの仕切りに「あいあい病棟」と書いてあった。医療的な介護を必要とする入所者の部屋らしい。

ナースステーションに軽く会釈して、薄暗い廊下を先へ進む。

「ここです」

扉の横に出ているネームプレートを見て、一瞬、私はだれかわからなかった。まさかと思った。

信介がスライド扉を開ける。ブラインドを下ろした部屋に、むかしながらの消毒薬のにおいが籠っていた。生命維持装置の作動音が規則正しく繰り返される。

「母です。僕が先に死んだら、母が悲しむでしょう。それが心配なんです。逆縁ほど親不孝はありませんから」

ベッドに横たわっているのは、生きたままミイラ化したような土岐信美だった。ブランケットから出た腕には、自動補液や人工透析、血漿《けっしょう》交換などのチューブがつながれ、気管切開した首には人工呼吸器の蛇腹《じゃばら》が接続されている。ベッド柵《さく》に吊《つ》るされた蓄尿バッグには、濃いビール色の液体が溜まっていた。

「おいくつでいらっしゃるんです」

「百十四歳です」

何という高齢。しかし、九十一歳の信介の母ならそれくらいだろう。

信美は無言無動で、私たちが来たことにも気づいていないようだった。頬はこけ、顔全体に無数の皺が刻まれている。唇は色を失い、鼻は骨張り、両目をカッと見開いて、凄《すさ》まじい形相《ぎょうそう》で天井をにらんでいる。

「意識はあるのですか」

「もちろんですよ。ねえ、母さん。変わりはなかったかい」

反応はない。瞳《ひとみ》は灰色に濁り、白目は血走り、憤怒《ふんぬ》に凝《こ》り固まったような険《けわ》しい表情で虚空をにらみ続けている。虚《うつ》ろに開いた口は水も空気も通らない。動いているのは首から人工呼吸器につながれた胸だけだ。

「声をかけると、ニコッと笑ってくれるんです。ねえ。母さん。今日は佑介が来てくれたよ」

信介のようすがおかしい。感情失禁のはずが、妙に無表情になっている。枯れた竹を束《たば》ねたような信美の手を両手で包みこむようにして言う。

「佑介は結婚したんだ。ほら、美人の奥さんだろ」

私と侑利香を弟の佑介夫妻と思い込んだようだ。医療が進歩して、いくら人を死なせないようになったとしても、これはひどい。もしも信美に意識があったら、身動きできないで器械につながれているのはまさに地獄だ。

信介が信美の腕を曲げようとしたが、関節が拘縮《こうしゅく》して動かない。

「母さん、リハビリをしようね。ほら、力を抜いて。関節を柔らかくしないといけないから」

無理に曲げようとして、気管チューブが引っ張られる。

「危ない」

侑利香がとっさに信介を止めた。

「邪魔をするな。運動させないと筋肉が弱る。歩けなくなったら困るんだ。オイッ、そこを離れろ。コ、コ、コノ野郎！」

怒鳴りながら侑利香に殴りかかろうとする。私が身体を割り込ませると、信介は猛烈な剣幕で私を突き飛ばした。怒りの感情失禁だ。

「落ち着いてください」

「うるさい！　オレをだれだと思ってる。貴様なんかクビだ。田舎へ飛ばす。みなさん、それでよろしいか」

振り向いて見えないだれかに意向を訊ねる。侑利香がナースコールを押して人を呼んだ。

「あっ、オレを悪者にするつもりだな。警察でも軍隊でも呼べばいい。暴力では負けんぞ。オラーッ」

威嚇《いかく》するように両腕を持ち上げる。そこへ男性の介護職が駆け込んできた。

「はいはい、土岐さん。大丈夫ですよ。お母さんが心配してますよ」

あやすように言うと、信介はいきなりその場にひざまずき、「あ、あっ、あぁぁー」と声をあげて泣きだした。

介護職は慣れたようすで信介を宥め、一人が素早くリモコンでハイブリッド車椅子を呼んで座らせた。

「はい。お部屋にもどりましょうね。心配ないですよ。よかったですねー」

私たちはそのまま「シナノの家」を後にした。

…………

新幹線の席で侑利香が言う。

「あそこまでなったら笑うしかないわね。先生は気づかなかったと思いますが、帰るときに見たら、あいあい病棟には信美さんくらいの高齢者が何人も寝かされてましたよ」

「やめてくれ。気分が悪くなる」

スマートシートに身体を預け、私は思う。長寿の苦しみは、長生きした者にしかわからない。佑介がこの状況を見たら何と言うだろう。ほら、僕の言った通りだろと苦笑するのか。しかし、三十七歳の死はいくら何でも早すぎないか。

窓の外は夕闇が迫り、木々が徐々に深いシルエットに包まれる。電車は走り、一日は終わり、一年もやがて過ぎる。そして、人生もいつか終わるだろう。私は憂うつな気分で自問した。三十七歳は早すぎて、百十四歳が生きすぎであるのなら、いったい何歳で死ねばいいのか。

患者はよりよい長生きを求め、医療者はよりよい医療でそれに応えようとする。その結果、皮肉にも忌まわしい長寿を作り出した。けれど、早すぎる死を免れた人もいるはずだ。だが、果たしてそれで、望ましい最期を迎えられるのか。

私は考えることに疲れ、放心した。

人はだれしも、ただ一度だけ、自分の死を死ぬ以外にはない。

本書は二〇一八年二月に小社より単行本として刊行されました。

|著者| 久坂部 羊　1955年大阪府生まれ。医師、作家。大阪大学医学部卒業。外務省の医務官として9年間海外で勤務した後、高齢者を対象とした在宅訪問診療に従事。2003年『廃用身』で作家デビュー。'14年『悪医』で第3回日本医療小説大賞を受賞。'15年「移植屋さん」で第8回上方落語台本優秀賞を受賞。近著に『生かさず、殺さず』『怖い患者』『老父よ、帰れ』などがある。

祝葬《しゅくそう》
久坂部《くさかべ》 羊《よう》

講談社文庫
定価はカバーに表示してあります

2020年11月13日第1刷発行

発行者――渡瀬昌彦
発行所――株式会社　講談社
東京都文京区音羽2-12-21　〒112-8001
電話　出版（03）5395-3510
　　　販売（03）5395-5817
　　　業務（03）5395-3615

デザイン―菊地信義
本文データ制作―講談社デジタル製作
印刷――豊国印刷株式会社
製本――株式会社国宝社

Printed in Japan

ISBN978-4-06-519769-1

講談社文庫刊行の辞

二十一世紀の到来を目睫に望みながら、われわれはいま、人類史上かつて例を見ない巨大な転換期をむかえようとしている。

世界も、日本も、激動の予兆に対する期待とおののきを内に蔵して、未知の時代に歩み入ろうとしている。このときにあたり、創業の人野間清治の「ナショナル・エデュケイター」への志を現代に甦らせようと意図して、われわれはここに古今の文芸作品はいうまでもなく、ひろく人文・社会・自然の諸科学から東西の名著を網羅する、新しい綜合文庫の発刊を決意した。

激動の転換期はまた断絶の時代である。われわれは戦後二十五年間の出版文化のありかたへの深い反省をこめて、この断絶の時代にあえて人間的な持続を求めようとする。いたずらに浮薄な商業主義のあだ花を追い求めることなく、長期にわたって良書に生命をあたえようとつとめるところにしか、今後の出版文化の真の繁栄はあり得ないと信じるからである。

同時にわれわれはこの綜合文庫の刊行を通じて、人文・社会・自然の諸科学が、結局人間の学にほかならないことを立証しようと願っている。かつて知識とは、「汝自身を知る」ことにつきていた。現代社会の瑣末な情報の氾濫のなかから、力強い知識の源泉を掘り起し、技術文明のただなかに、生きた人間の姿を復活させること。それこそわれわれの切なる希求である。

われわれは権威に盲従せず、俗流に媚びることなく、渾然一体となって日本の「草の根」をかたちづくる若く新しい世代の人々に、心をこめてこの新しい綜合文庫をおくり届けたい。それは知識の泉であるとともに感受性のふるさとであり、もっとも有機的に組織され、社会に開かれた万人のための大学をめざしている。大方の支援と協力を衷心より切望してやまない。

一九七一年七月

野間省一

講談社文庫 最新刊

太田尚樹
世紀の愚行
〈太平洋戦争・日米開戦前夜〉
リットン報告書からハル・ノートまで、戦前外交失敗の本質。日本人はなぜ戦争を始めたのか。

木内一裕
ドッグレース
最も危険な探偵が挑む闇社会の冤罪事件。警察×検察×ヤクザの完全包囲網を突破する！

鏑木蓮
疑薬
集団感染の死亡者と、10年前に失明した母にはある共通点が。新薬開発の裏には――。

町田康
ホサナ
私たちを救ってください――。愛犬家のバーベキューに突如現れた光の柱。現代の超訳聖書。

伊与原新
コンタミ 科学汚染
悪意で汚されたニセ科学商品。科学は人間をどこまで救えるのか。衝撃の理知的サスペンス。

逢坂剛
奔流恐るるにたらず
〈重蔵始末(八)完結篇〉
破格の天才探検家、その衝撃的な最期とは。著者初の時代小説シリーズ、ついに完結。

マイクル・コナリー
古沢嘉通 訳
素晴らしき世界(上)(下)
ボッシュと女性刑事バラードがバディに！孤高のふたりがLA未解決事件の謎に挑む。

ジャンニ・ロダーリ
内田洋子 訳
緑の髪のパオリーノ
イタリア児童文学の名作家からの贈り物。不思議で温かい珠玉のショートショート！

講談社文芸文庫

笙野頼子

海獣・呼ぶ植物・夢の死体　初期幻視小説集

解説＝菅野昭正　年譜＝山﨑眞紀子

体と心の「痛み」と向き合う日々が見せたこの世ならぬものたちを、透明感あふれる筆致で描き出した初期作品五篇。現在から当時を見つめる書下ろし「記憶カメラ」併録。

978-4-06-521790-0　しL4

笙野頼子

猫道　単身転々小説集

解説＝平田俊子　年譜＝山﨑眞紀子

自らの住まいへの違和感から引っ越しを繰り返すうちに猫たちと運命的に出会い、彼らと安全に暮らせる空間が「居場所」に。笙野文学の確かな足跡を示す作品集。

978-4-06-290341-7　しL3

あさのあつこ　NO.6〔ナンバーシックス〕#8
あさのあつこ　NO.6〔ナンバーシックス〕#9
あさのあつこ　NO.6beyond〔ナンバーシックス・ビヨンド〕
あさのあつこ　待　っ　て　る〈橘屋草子〉
あさのあつこ　さいとう市立さいとう高校野球部 (上)(下)
あさのあつこ　甲子園でエースしちゃいました〈さいとう市立さいとう高校野球部〉
阿部夏丸　泣けない魚たち
朝倉かすみ　肝、焼　け　る
朝倉かすみ　好かれようとしない
朝倉かすみ　ともしびマーケット
朝倉かすみ　感　応　連　鎖
朝倉かすみ　たそがれどきに見つけたもの
朝比奈あすか　憂鬱なハスビーン
朝比奈あすか　あの子が欲しい
荒山　徹　柳生大作戦 (上)(下)
天野作市　気　高　き　昼　寝
天野作市　みんなの旅行
青柳碧人　浜村渚の計算ノート
青柳碧人　浜村渚の計算ノート　2さつめ〈ふしぎの国の期末テスト〉
青柳碧人　浜村渚の計算ノート　3さつめ〈水色コンパスと恋する幾何学〉
青柳碧人　浜村渚の計算ノート　3と1/2さつめ〈ふえるま島の最終定理〉
青柳碧人　浜村渚の計算ノート　4さつめ〈方程式は歌声に乗って〉
青柳碧人　浜村渚の計算ノート　5さつめ〈鳴くよウグイス、平面上〉
青柳碧人　浜村渚の計算ノート　6さつめ〈パピルスよ、永遠に〉
青柳碧人　浜村渚の計算ノート　7さつめ〈悪魔とポタージュスープ〉
青柳碧人　浜村渚の計算ノート　8さつめ〈虚数じかけの夏みかん〉
青柳碧人　浜村渚の計算ノート　8と2分の1さつめ〈つるかめ家の一族〉
青柳碧人　浜村渚の計算ノート　9さつめ〈恋人たちの必勝法〉
青柳碧人　東京湾　海中《かいちゅう》高校
青柳碧人　希土類少女《レアアース・ガール》
青柳碧人　霊視刑事夕雨子《ゆうこ》1〈誰かがそこにいる〉
朝井まかて　花《はな》競《くら》べ〈向嶋なずな屋繁盛記〉
朝井まかて　ち　ゃ　ん　ち　ゃ　ら
朝井まかて　す　か　た　ん
朝井まかて　ぬ　け　ま　い　る
朝井まかて　恋　歌
朝井まかて　阿《お》蘭《らん》陀《だ》西《さい》鶴《かく》
朝井まかて　藪《やぶ》医《い》　ふらここ堂
朝井まかて　福　袋
歩《あゆみ》　りえこ　ブラを捨て旅に出よう〈貧乏乙女《ぜろか》の"世界一周"旅行記〉
安藤祐介　営業零課接待班
安藤祐介　被取締役《とりしまられやく》新入社員
安藤祐介　お　い！　山　田〈大翔製菓広報宣伝部〉
安藤祐介　宝くじが当たったら
安藤祐介　一〇〇〇ヘクトパスカル
安藤祐介　テノヒラ幕府株式会社
青木　理　絞　首　刑
天祢　涼　議員探偵・漆原翔太郎〈セシューズ・ハイ〉
天祢　涼　都知事探偵・漆原翔太郎〈セシューズ・ハイ〉
麻見和史　石　の　繭〈警視庁殺人分析班〉
麻見和史　蟻《あり》　の　階　段〈警視庁殺人分析班〉
麻見和史　水晶の鼓動〈警視庁殺人分析班〉
麻見和史　虚空の糸〈警視庁殺人分析班〉
麻見和史　聖者の凶数〈警視庁殺人分析班〉
麻見和史　女神の骨格〈警視庁殺人分析班〉
麻見和史　蝶　の　力　学〈警視庁殺人分析班〉
麻見和史　雨色の仔羊〈警視庁殺人分析班〉

講談社文庫　目録

五木寛之　百寺巡礼　第二巻　北陸
五木寛之　百寺巡礼　第三巻　京都Ⅰ
五木寛之　百寺巡礼　第四巻　滋賀・東海
五木寛之　百寺巡礼　第五巻　関東・信州
五木寛之　百寺巡礼　第六巻　関西
五木寛之　百寺巡礼　第七巻　東北
五木寛之　百寺巡礼　第八巻　山陰・山陽
五木寛之　百寺巡礼　第九巻　京都Ⅱ
五木寛之　百寺巡礼　第十巻　四国・九州
五木寛之　海外版　百寺巡礼　インド1
五木寛之　海外版　百寺巡礼　インド2
五木寛之　海外版　百寺巡礼　朝鮮半島
五木寛之　海外版　百寺巡礼　中　国
五木寛之　海外版　百寺巡礼　ブータン
五木寛之　海外版　百寺巡礼　日本・アメリカ
五木寛之　青春の門　第七部　挑戦篇
五木寛之　青春の門　第八部　風雲篇
五木寛之　親鸞　青春篇(上)(下)
五木寛之　親鸞　激動篇(上)(下)

五木寛之　親鸞　完結篇(上)(下)
五木寛之　五木寛之の金沢さんぽ
井上ひさし　モッキンポット師の後始末
井上ひさし　ナ　イ　ン
井上ひさし　四千万歩の男　全五冊
井上ひさし　四千万歩の男　忠敬の生き方
井上ひさし　黄金《きん》の騎士団(上)(下)
井上ひさし　一分ノ一(上)(中)(下)
井上ひさし・司馬遼太郎　新装版　国家・宗教・日本人
池波正太郎　私　の　歳　月
池波正太郎　よい匂いのする一夜
池波正太郎　梅安料理ごよみ
池波正太郎　わが家の夕めし
池波正太郎　新装版　緑のオリンピア
池波正太郎　新装版　殺しの四人〈仕掛人・藤枝梅安㈠〉
池波正太郎　新装版　梅安蟻地獄〈仕掛人・藤枝梅安㈡〉
池波正太郎　新装版　梅安最合傘〈仕掛人・藤枝梅安㈢〉
池波正太郎　新装版　梅安針供養〈仕掛人・藤枝梅安㈣〉
池波正太郎　新装版　梅安乱れ雲〈仕掛人・藤枝梅安㈤〉

池波正太郎　新装版　梅安影法師〈仕掛人・藤枝梅安㈥〉
池波正太郎　新装版　梅安冬時雨〈仕掛人・藤枝梅安㈦〉
池波正太郎　新装版　忍びの女(上)(下)
池波正太郎　新装版　殺しの掟
池波正太郎　新装版　抜討ち半九郎
池波正太郎　新装版　娼婦の眼
池波正太郎　近藤勇白書(上)(下)〈レジェンド歴史時代小説〉
井上　靖　楊　貴　妃　伝
石牟礼道子　新装版　苦《く》海《がい》浄《じょう》土《ど》〈わが水俣病〉
いわさきちひろ　ちひろのことば
いわさきちひろ・松本猛　いわさきちひろの絵と心
いわさきちひろ・絵本美術館編　ちひろ・子どもの情景〈文庫ギャラリー〉
いわさきちひろ・絵本美術館編　ちひろ・紫のメッセージ〈文庫ギャラリー〉
いわさきちひろ・絵本美術館編　ちひろの花ことば〈文庫ギャラリー〉
いわさきちひろ・絵本美術館編　ちひろのアンデルセン〈文庫ギャラリー〉
いわさきちひろ・絵本美術館編　ちひろ・平和への願い〈文庫ギャラリー〉
石野径一郎　新装版　ひめゆりの塔
今西錦司　生物の世界
井沢元彦　義経幻殺録

2020年9月15日現在